Ein Mann blamiert sich. Ein gestandener Musiker, mit einem sicheren Posten im Orchestergraben, verliert für ein paar Sekunden die Beherrschung – und alles ändert sich. Er verliert seine Arbeit, seine Freunde, seine Freundin. Plötzlich gilt er als der Teufel schlechthin. Seine Tat ist so banal wie ungeheuerlich: In einer Hotelbar in Tel Aviv hat er einen Getränkebeleg mit ‹Adolf Hitler› unterschrieben.

Friedrich Christian Delius greift einen Vorfall auf, der 1997 durch die Presse ging, und fragt mit ironisch gefärbter Aufmerksamkeit: Was führt einen, der kein Antisemit ist, zu solch einer Entgleisung?

Die Erzählung ist in der lockeren Form eines Tagebuchs geschrieben. Der Musiker, ein Posaunist, versucht auf Anraten seines Anwalts, alles Material zu sammeln und zu notieren, was er zu seiner Verteidigung vorbringen könnte: seine Karriere als Musiker, seine Ängste beim Flug nach Tel Aviv, seinen Jericho-Komplex, seine Liebesbeziehung zu einer Bratschistin. Aus allen Bindungen entlassen, läuft er, Hitler-Monster und Philosemit, durch das swingende Berlin des Jahres 1998.

Ein spannendes, leicht verrücktes Tagebuch über Musik und Liebe, Berlin und Tel Aviv, deutsche Komplexe und italienische Arien, über Amokläufer und Blechbläser – ein politisches Rätsel mit einem überraschenden Finale.

FRIEDRICH CHRISTIAN DELIUS
DIE FLATTERZUNGE

ERZÄHLUNG | ROWOHLT

Die Figuren dieser Erzählung
sind keinen realen Personen
nachgebildet,
sondern frei erfunden.

1. Auflage Juli 1999
Copyright © 1999 by Rowohlt Verlag GmbH,
Reinbek bei Hamburg
Alle Rechte vorbehalten
Umschlaggestaltung Walter Hellmann
(Staatliches Institut für Musikforschung
Preußischer Kulturbesitz; Foto: K. Petersen)
Satz aus der Adobe Garamond PostScript (PageOne)
Printed in Germany
ISBN 3 498 01310 6

Die Flatterzunge

1 2 3

Was mir am meisten fehlt, ist der Beifall. Was mir fehlt, sind die eine oder zwei Sekunden Pause nach dem letzten Akkord, der explosive Stillstand, in dem sich alles Gehörte bündelt und bricht, ein schwarzes Loch, ein weißes Loch der Stille, in dem die Stimmen und Figuren, die Töne und Bilder der Oper gebündelt sind und gleichzeitig verschwinden. Aber schon rühren die ungeduldigen Zuhörer die Arme und zerschlagen diesen wunderbaren, viel zu kurzen Augenblick. Dann klatschen mehr als tausend, zweitausend Hände aufeinander, ein neuer Sog entsteht, und der Beifall rauscht los, fällt hoch von den Rängen und nah vom Parkett hinab, in heftigen, in warmen, in stürmischen Wellen, und ich beginne auch diesen Lohn zu genießen.

Nein, einer wie ich in der vorletzten Reihe des Grabens ist nicht so töricht zu glauben, daß auch nur ein Mensch im Saal da oben an ihn denkt. Aller Applaus gilt den Sängerinnen, den Sängern, dem Regisseur, dem Dirigenten, dem Chor, den Meistern der Bühne, Kostüme und Maske und zuletzt dem Orchester und ganz zuletzt den Blechbläsern. Trotzdem hole ich mir jeden Abend meinen Anteil, schließe die Augen und moduliere die Kaskaden des Beifalls nach meinen Phantasien, mal eine angenehme Dusche, mal ein warmer Mairegen, mal das Abklingen eines Orgasmus. (Übertreibe ich, Herr Richter? Kann sein. Sie werden sich daran gewöhnen müssen.)

Über unseren Köpfen die Sängerinnen und Sänger, eben noch ermattet, vergiftet oder erdolcht, verbeugen sich, fassen sich bei den Händen, hüpfen in die Kulissen und springen wieder zurück und lenken alle Aufmerksamkeit auf sich. Im Zentrum aller Blicke die tiefen Dekolletés der Sängerinnen, und die Leute im Parkett und auf den Rängen hauen sich die Hände wund, als dürften sie endlich selbst ihren Auftritt feiern: Applauso fortissimo, tutti. Schlag um Schlag, Vorhang um Vorhang wird die Spannung abgetragen, die wir Takt für Takt aufgebaut haben, auch wir mit den Instrumenten. Ein Teil dieser Ernte gehört mir, und es hat mir nie gereicht, wenn der Dirigent den Wink zum Aufstehen gibt, damit wir mit drei Sekunden Anerkennung abgespeist nach Hause gehen können.

Jeden Abend besiegeln wir mit den Zuhörern und Zuschauern, ob sie Kenner oder Banausen sind oder zu den vielen möglichen Kreuzungen aus Kennern und Banausen zählen, einen Pakt: Wir spielen auf, und sie dürfen mit ihrem Beitrag, dem Klatschen, das luftige Reich der Musik verkleinern, verwischen, vernichten. Unter dem Vorwand der Bewunderung und der Dankbarkeit für gute Leistung schieben sie mit den Kanonaden ihres Beifalls die erschöpften, strahlenden Sänger in die Kulissen und uns Musiker in den Graben zurück. So finden sie allmählich ihr Gleichgewicht wieder und kehren, verzückt, bewegt, vielleicht noch mitgenommen vom Finale, oft zögernd, ob sie nach all den Harmonien der realen Welt schon wieder trauen dürfen, in den Alltag des Gebens und Nehmens zurück, treppab Richtung Garderobe.

Ich lasse das Wasser aus dem Zug und nehme das Mundstück ab. Wenn der Abend gut war, bin ich glücklich, dabeigewesen zu sein, und der Beifall bleibt mir stärker im Ohr als die letzten paar Töne, die ich zu spielen hatte. Endlich habe ich meine Dosis, die mich hebt und trägt.

Ich hatte sie. Das ist das Schlimmste, was mir fehlt. Jetzt weiß ich, was das heißt: Entzug. Lebenslänglich ohne Beifall, das halt ich nicht aus.

Ist ein Mann in' Brunnen g'fallen, hab ihn hören plumpsen. Wär er nicht hineingefallen, wär er nicht ertrunken. Mit diesem Kinderliedchen beginnt die Karriere des Posaunenspielers, er übt die Positionen 1 6 4 3 1 1 1 1 und so weiter. Das erste Lied, das nach den einfachen Ton- und Zungenübungen gespielt werden soll. Damals, in der Pubertät, habe ich nicht aufgehört, über den Text, über diesen Konjunktiv nachzugrübeln: *wär er nicht, wär er nicht ...*

Fristlos entlassen. Die Klage auf Wiedereinstellung ins Orchester liegt bei Gericht. Drei, vier Monate soll es dauern bis zum Prozeßtermin.

«Schreiben Sie alles auf, was Ihnen zu Ihrer Verteidigung einfällt, alles, was mit Ihrer Person zu tun hat und Ihrem Werdegang», hat Dr. Möller gesagt, «lieber zu viel als zu wenig. Wir gehen das dann zwei Wochen vor dem Termin durch und machen einen Extrakt, und wenn es gut ist, werd ich alles tun, damit Sie ausführlich zu Wort kommen.»

Vorher will der Anwalt nichts lesen. Kann mir Zeit lassen.

Ich gebe alles zu, Herr Richter, ich habe alles falsch gemacht, ich bin schuldig. Mein ganzes Leben ein Idiot gewesen. Auch mit den Frauen ist immer alles schiefgelaufen, fast immer. Ich habe es mir im falschen Orchester bequem gemacht, vielleicht sogar das falsche Instrument gewählt.

Ja, lassen Sie mich mit dem Einfachsten anfangen, mit diesem Ding aus Messing, das mir zu einem Körperteil geworden ist, ohne das mein Kreislauf, mein Nervensystem und alles, was meine Energien pulsieren läßt, nicht funktionieren würde.

Die Posaune ist mir zugefallen, als der Musiklehrer Kyritz meine Stimmbruchstimme nicht mehr im Chor brauchen konnte und mich in das Schulorchester dirigierte. Die Posaune war frei, niemand wollte die Posaune. Ich gehorchte Kyritz, wie ich immer gehorcht habe, fast immer. Ich übte, wie man die Luft aus dem Zwerchfell in die Mundhöhle holt und mit locker schwingenden Lippen in Einheiten von Achteln, Vierteln und Halben – und (am liebsten, am bequemsten, ich geb auch das zu) in ganzen Noten – ins Mundstück, ins Blech bläst, mit der rechten Hand im gleichen Takt den Zug hinauf- und hinunterzieht und auf saubere, pünktliche Töne hofft.

Es ist keine Kleinigkeit, wenn ich das hier für den Laien, der unsere Kunst sehr zu unterschätzen pflegt, einflechten darf, allein mit dem Atem, den Lippenmuskeln und dem Stoßen und Wegziehen der Zunge saubere Töne zu erzeugen. Außerdem ständig die Position des Zugs zu wechseln, was dreimal schwerer ist, als auf ein Ventil zu drücken. Nach wenigen Übungsstunden scheuchte mich Kyritz in den Evangelischen Posaunenchor. Im Schulorchester war nicht viel zu tun, aber an Chorälen war kein Mangel. Ich blies einfach mit, ließ anfangs die hohen und schnellen Töne und die mit mehr als zwei bs und zwei Kreuzen einfach aus und spielte schleppend vom Blatt, was Alfred Kyritz und das Kirchenjahr verlangten.

Natürlich hätte ich mich lieber an der Trompete gesehen. Die Trompeter waren Stars, sogar in einer hessischen Kleinstadt. Die Trompete war einfacher zu spielen, mit der Trompete konnte man träumen von einer Karriere im Jazz. Bei einer Klassenfahrt hatte ich Louis Armstrong gesehen, in Hamburg auf der Straße vor seinem Hotel, und begeistert geschrien: «Satchmo!» Da hatte er in meine Richtung gewinkt und freundlich gegrinst, und ich noch einmal seinen Namen gerufen. Von Louis Armstrong bin ich, das versuchte ich mir jahrelang einzubilden, zum Trompeter geweiht worden, nicht zum Posaunisten.

Aber die Trompete war nicht frei. Weder im Posaunenchor noch im Schulorchester. Zu drei Weihnachtsfesten und drei Geburtstagen wünschte ich mir eine Trompete oder Geld für eine Trompete, aber erklären Sie einem beinamputierten Finanzbeamten einmal, daß Sie für eine Trompete dreihundert, vierhundert Mark ausgeben wollen (damals, um 1960), wenn Sie eine Posaune geliehen, also umsonst haben können. Vielleicht hab ich schon das falsch angefaßt, mit der wütenden Überheblichkeit eines Siebzehnjährigen!

Ich gab auf, ich paßte mich an und wurde Posaunist. Viel hab ich mir nicht eingebildet auf das Lob für meine Soli – im Lokalblatt, in der «Korbacher Zeitung» neben den Berichten über Taubenzüchter und Feuerwehrbälle. Aber ich wollte solche Sätze eines Tages in einer Hamburger oder Frankfurter Zeitung lesen. Kyritz sagte: «Sie schaffen das!»

Auf der Hochschule lernte ich erst einmal, daß ich ein Polsterzungeninstrument vor mir habe und kein Blechblasinstrument. Das war schon mal ein Aufstieg. Polsterzungenbläser, das hört sich gut an, darum galten wir als gute Küsser. Immer noch lockte mich Louis Armstrong ins Reich der Trompeten, aber mein Lehrer bestach mich mit Lob.

Gewiß, ich hätte noch umsteigen können, Oboe, Fagott, Klarinette, aber die wollten alle spielen, das waren die Mode-Instrumente. Ich seh meine Jahrgänge noch vor mir, schöne Mädchen küßten die Mundstücke ihrer Klarinetten und Oboen, ehrgeizige Jungen lutschten am Fagott, die Flöten waren den Pickligen vorbehalten, und wer ans Blech ging, zog auch hier die Trompete vor oder das Horn. Also blieb ich der Posaune treu.

Dachte ich damals schon wie ein Beamter? Hätte ich mich für das Saxophon, für eine ungewisse Zukunft entscheiden sollen? Ja, ich wollte auf Nummer Sicher gehen. Gut sein, perfekt sein. Mich nicht wie mein Alter nach Pfennigen bücken. Bleib bei deinem Leisten, blase fleißig ein paar Semester, dann kriegst du deinen festen Sitzplatz in einem Orchester und irgendwann deine Solozulage. Zum Ausgleich spielte ich ein bißchen Jazz, aber den Traum, ein deutscher J. J. Johnson zu werden, gab ich schnell auf. Schon an Albert Mangelsdorff, das wußte ich, würde ich nicht vorbeikommen, der würde in Europa immer die Nummer eins bleiben.

Entschuldigen Sie bitte, wenn ich zu ausführlich werde und hier mit Namen von berühmten Musikern aufwarte. Aber wie soll man mein Verbrechen verstehen und beurteilen, wenn man die Kette meiner Niederlagen und Aufstiege nicht kennt?

Nein, ich will kein Mitleid und keine mildernden Umstände. Zum Jammern bin ich nicht geboren. Ich bin selber schuld, aber ich will wenigstens einmal erklären warum. Geben Sie mir mehr Zeit als die Journalisten, mehr als drei Minuten!

Aus meiner Rolle komm ich sowieso nicht raus: der Teufel von Berlin, der Hund von Tel Aviv.

Die Täterpersönlichkeit, bittschön.

Herr Richter, werden Sie mir überhaupt zuhören? Oder übe ich ganz umsonst meine Selbstverteidigung? Dürfen Sie mir zuhören? Sie schuften am Fließband des Arbeitsgerichts, eine Stunde Verhandlung pro Fall höchstens, dann steht der nächste Gekündigte vor der Tür. Eine Stunde, da bleiben vielleicht fünf Minuten Redezeit für mich, dann werden Sie mir das Wort abschneiden – auf die freundliche Tour, denn ein Unmensch wollen Sie nicht sein, wenn Sie schon einen Unmenschen vor sich haben.

Sicher, man wird mir keine Gelegenheit zur großen Rede geben. Aber ich will auf jedes Argument, auf jede Frage vorbereitet sein.

Deshalb alles aufschreiben, nichts auslassen. Deshalb mach ich mir weiter Notizen. Oder spreche weiter auf die Kassette und tipp das ab. Ich hab keinen Psychiater, ich kann mir keinen leisten. Ich will mich hören, will endlich einmal hören, was ich zu meinem Fall zu sagen habe. Ich bin es nicht gewohnt, immerzu von mir zu reden. Aber es gefällt mir. So schnell geht das, wenn man keinen Dirigenten mehr vor der Nase hat morgens mittags abends, rausgeschmissen aus dem Orchester, aus den Dienstplänen, verbannt aus der Gruppe, der Bläsertruppe, Feind der Gemeinschaft.

Ich. Ich habe. Ich habe keine einfachen Deutungen für mein Verbrechen. Meine Gegner haben eine einzige Erklärung: Nazi. Meine Verteidiger auch nur eine: Alkohol. Alle suchen sie eine Formel, sie werden sich nie einigen. Ich muß mich mit mir selber einigen. Also sage ich, Herr Richter, es gibt hundert Gründe. Oder, um es weniger posaunenhaft zu sagen, es gibt ein Dutzend Gründe für meine Tat. Lassen Sie zu, daß ich wenigstens fünf oder sechs auftische?

Am meisten bedaure ich, den Ausflug nach Jericho verpaßt zu haben. Ruhige Tage, hatte unser Betreuer gesagt, keine extremen Spannungen, keine Attentate die letzten Wochen, also können wir es wagen, wer will mit im klimatisierten Bus durch die Judäische Wüste nach Jericho hinunter, Qumran, am Toten Meer entlang, Ein Gedi, Massada? Ich sofort dabei, die vierzig Plätze waren schnell vergeben. Ja, ich wollte Jericho sehen, die älteste Stadt der Welt, zehntausend Jahre alt, jetzt ein armseliges Städtchen, von Arafats Leuten kontrolliert, und als Beispiel hingestellt für den Anfang eines Palästinenserstaates, 250 Meter unter dem Meeresspiegel, da mußte man hin, falls es nicht zu gefährlich war. Ich bin kein politischer Mensch, zugegeben, und in Wahrheit lockte mich die Stadt nur, weil sie das heimliche Mekka aller Posaunisten und Trompeter ist.

Aus dem Reiseführer wußte ich, daß die Ruinen des alten Jericho nördlich der heutigen Stadt zu besichtigen sind. Dort hätte ich mir die Steinquader der dicken Mauern und Türme in die Luft über die Ruinen gezaubert, wie ich sie kenne aus der Bilderbibel von Schnorr von Carolsfeld und noch heute vor Augen habe beim Stichwort Jericho. Ich hätte mein Dienstinstrument nicht mit in die Wüste genommen (mein eigenes, mein gutes Stück hatte ich sowieso in Berlin gelassen). Ich hätte auf einer imaginären Posaune, hörbar nur für mich, die stärksten, die frechsten Töne geblasen, schräg, schneidend, schlaazend wie im Free Jazz: Zungenstöße wie Rammstöße gegen die Steine, Phrasen wie Zündschnüre, die Takte wie Sprengsätze. Ich hätte mich einmal richtig ausgespielt, einmal unter der Wüstensonne die Flatterzunge toben lassen, hätte gesungen, geschmatzt, geplaudert, gehupt, alles gegeben im fruchtbaren Jordantal – diese Oase soll ja das Paradies gewesen sein. Vielleicht hätte ich solange gespielt, bis mich die Kollegen in den Bus gezerrt hätten, «Paß auf, Hannes, steh nicht so lange in der Sonne!»

Die Wüste, ich wollte viel Wüste sehen, Steinlandschaften, Schluchten, Geröll, karge Erde, Fleischfarben zwischen Gelb und Rot und Ocker und Weiß und Gelbgrau mit den Tageszeiten changierend, all das einsaugen mit der Stille dazu. In den Bergen östlich von Jericho starb Moses, in den Bergen westlich hat Jesus vierzig Tage seinen großen Auftritt vorbereitet. Und ich in der Mitte, ein Posaunist in Jericho, im Brutkasten der Welt.

Ja, der Größenwahn. (Aber so laufen die Gedanken, wenn sie mal laufen: geradeaus.) Ja, ein Idiot mehr, 250 Meter unterm Meeresspiegel. Überall in dieser Gegend hausten Spinner, Propheten, Mönche, Einsiedler und ließen sich von den Steinen, der Sonne und der Stille peinigen, lauter Solisten, da wäre ich mit meiner unsichtbaren Posaune gar nicht aufgefallen.

Nach dem Solo vor den Mauern von Jericho die Stille. Stille, aus der die Musik lebt. Stille, die in Berlin nie wieder zu hören sein wird, weit weg von allem Kampfgeschrei, weit weg von dem Rieseln der schlappen Töne aus den Lautsprechern überall. Die Wüste lügt nicht, die Wüste belügt einen nicht, hier hätte die Musik wieder ganz von vorne anfangen können, hier hätte ich, hier könnte ich – und so weiter die Zukunftsmusik, so ungefähr hatte ich mir das vorgestellt.

Die beiden ersten Abende «Liebestrank» waren absolviert, ich hatte schon die 40 Dollar bezahlt und war sogar bereit, früh um 6 Uhr aufzustehen. Dann mein großer Coup, über den wir hier verhandeln. Die Oper schickt mich nach Hause, damit ich nicht noch mehr Schaden anrichte, damit alles nach entschlossenem Handeln aussieht und einer die Rolle des Bösewichts hat und nicht weiter stört bei der Versöhnung. Hätten sie mich lieber in die Wüste geschickt!

Die 40 Dollar für den Jericho-Trip hab ich bis heute nicht zurückbekommen. Lese jetzt Reiseführer und Merian-Hefte, um zu wissen, was ich alles versäumt habe. Können Sie ermessen, Herr Richter, was dieser Ausfall für mich bedeutet?

Nein. Ist auch egal. Ich rechne nicht mehr damit, verstanden zu werden. Einmal Verbrecher, immer Verbrecher, selbst wenn man nur einen harmlosen Kellner attackiert hat. Nicht mal attackiert, irritiert. Das reicht! Wer das getan hat, was ich getan habe, wird sowieso mißverstanden. Jede menschliche Regung – da sieht man, wie heimtückisch diese Bestie ist. Jeder kleine Wunsch – da haben wir den Größenwahnsinnigen. Jede Nuance eines Satzes, die als böse gedeutet werden kann – schon wieder ein Beweis für seine niedrige Gesinnung. Ich kann sagen, was ich will, es wird mir nicht helfen. Also kann ich alles sagen. Böse bin ich sowieso.

Eine Gegendarstellung, trotzdem. Weil die Gerüchte aus dem Orchester nicht verstummen.

Es ist nicht richtig, daß ich aus Wut über die Abweisung der Bratschistin C. N. mein Verbrechen begangen habe. Richtig ist vielmehr, daß sie meine Tat zum Anlaß genommen hat, unsere glückliche Affäre zu beenden. Erst nach der Tat hat sie nachts ihre Tür versperrt, so ist es zu jenen unschönen Szenen auf dem Hotelflur gekommen – und zu den niederträchtigen Gerüchten.

Vielleicht würde C. bestreiten, daß unsere Affäre zum Schluß noch eine glückliche gewesen ist. Aber soll ich schon wieder damit anfangen, was ich alles falsch gemacht habe?

Ein neues Leben angewöhnen. Fast fünfundzwanzig Jahre lang Dienst, die Proben vormittags oder den Abend im Graben, sieben bis zehn Dienste pro Woche, dazu die Bereitschaft, für Kollegen einzuspringen, alles war geregelt vom täglichen Auftakt bis zum nächtlichen Finale. Kippe ich um, wenn ich keinen festen Stundenplan habe?

Ein Freund ist mir geblieben, die Frauen meiden mich. Aus allen Vereinen geschmissen, Lehrauftrag gestrichen, bald gelte ich als gemeingefährlich. Noch darf ich frei herumlaufen, keine Fluchtgefahr. Alle wären froh, wenn ich nach Jamaika verschwände oder in ein Kloster, dann wären sie das Problem los und die Schande, die ich über Deutschland gebracht habe. Das Pech ist, ich hab kein Geld für eine anständige Flucht.

Ich bleibe, Herr Richter, ich stelle mich. Ich gehe jeden Morgen gegen halb zehn aus dem Haus wie früher zur Probe. Laufe zwei, drei Stunden durch die Stadt, sitze zwischendurch vor einem Milchkaffee und mache Notizen zu meiner Verteidigung. Kann sein, ich strenge mich umsonst an – und es bleibt bei der fristlosen Kündigung. Aber beim Musizieren hab ich auch nicht immer gefragt, was es mir nützt. Man ist schließlich Künstler.

Die Nachmittage spielen, zwei bis drei Stunden, die Lippenmuskulatur muß fit bleiben. Abends sind die Entzugserscheinungen am schlimmsten. Noch bin ich nicht so ausgespielt wie die Kollegen, die in Pension gehen und von einem Tag auf den andern keinen Dirigenten mehr sehen, keine Oper mehr hören, keinen

Paukisten mehr riechen können. Sicher, man ist abgestumpft, Musikbeamter, spielt «Aida» mal runter wie eine Zirkuskapelle. Trotzdem hab ich die Sucht behalten, das Stimmen der Streicher zu hören, den summenden Kammerton aller Bläser, das kurze Warmlaufen, das Tänzeln der Instrumente vor dem Auftakt. Manchmal vermisse ich sogar die Arien der Sänger über und hinter mir, das Nicken und Zucken und Schaukeln des Kopfs des Dirigenten. Ich brauche Beifall. Bin kein Fernsehtyp. So schnell laß ich mich nicht sedieren.

Wer ich bin? Ein Arbeitsloser im Café. Einer mehr, fällt gar nicht auf. Aus den Lautsprechern Klaviermusik, Chopin, leise. Klang nach Pollini. Besänftigte meine Sorgen, wie lange das Geld reicht. Pianisten kriegen immer Arbeit. Wenn sie Pollini heißen. Wär ich Pianist, könnte ich bei meinem Standard leicht einen Job finden und zur Happy Hour in Hotelhallen aufspielen. Sollte mir einen italienischen Namen zulegen, mein Name ist ruiniert für alle Zeiten. Pollini spielte, die Vormittagsgäste sahen unbeschwert aus, ich dachte wieder mal: das falsche Instrument.

Drei Tische weiter ein Mann meines Alters, auch mit Notizbuch. Noch ein entlassener Künstler? Oder gibt es wieder Dichter, die in Cafés schreiben?

Draußen ein Bus, protzig dick die Frage ans Oberdeck gemalt: *Wer hat den Überblick?* Ja wer. Ich zahlte. Wer behauptet, den Überblick zu haben, muß verrückt sein. Es ist die Reklamefrage der «Berliner Zeitung».

Journalisten haben es leicht, die rücken das Verrückte in die Ordnung der Ressorts. Wollte die Zeitung sofort kaufen. Vielleicht sollte ich mich in Ressorts aufteilen.

Auf dem kleinen Platz, den früher ein Kiosk mit der internationalen Presse geschmückt hatte, stand jetzt nur eine chromblitzende City-Toilette. Der Platz wurde nach George Grosz benannt. Erst zwei Straßen weiter ein Zeitungsladen. Nein, kein Lotto. So verrückt wie achtzehn Millionen Lottospieler bin ich noch nicht.

Eine City-Toilette, wo es, als wir noch Provinz waren, die Weltpresse gab – nun wappnet sich die Weltstadt mit schicken Latrinen gegen den Verfall. Soll ich jubeln, daß ich hier noch pinkeln darf? Während die Hunde die Gehwege vollscheißen?

Eigentlich hasse ich diese strohdumme Reaktion der Altwest-Berliner, den Ja-Früher-War-Alles-Anders-Besser-Schöner-Reflex.

Posaunist, das sagt sich so einfach. Wissen Sie, wie viele Jahre es dauert, Herr Richter, bis man den richtigen Ansatz hat? Ein Jurist wie Sie braucht vielleicht zehn Jahre, bis er die Paragraphen einigermaßen im Kopf und genug Erfahrung beim Schaukeln mit der Waage hat. Und schon genießen Sie von allen Seiten Respekt: Ja, dieser Jurist versteht sein Handwerk. Können Sie sich vorstellen, daß jeder einfache Orchestermusiker länger als zehn Jahre üben und schuften muß, bis seine Kunst ein bißchen Brot abwirft?

Das bläserische Handwerk ist hart. Sie müssen mit Ihrem Instrument viel inniger verwachsen als irgendein anderer Spieler mit seinem Klangwerkzeug, denn der Atem setzt sich im Instrument fort. Außer den Sängern sind es nur die Blechbläser, die ihre Töne mit einem Teil des Körpers hervorbringen, mit den Lippen. Lippen, Zunge, Lunge entscheiden alles. Locker bleiben, die Resonanzfähigkeit des Körpers erweitern und erhalten, ausgefeilte Atemtechnik, ausgefeilte Zungentechnik. (Mit Einzelheiten über die Zwerchfellatmung will ich Sie jetzt nicht belästigen.)

Aber wenn Sie wollen, erzähle ich gern, wie viele hundert Stunden es dauert, bis ein verläßlicher Zungenstoß zustande kommt und wie viele tausend Stunden es kostet, diese Treffsicherheit zu pflegen und zu steigern. Und endlich das Repertoire!

Dann sitzen Sie, wie in der Ersten von Brahms, 40 Minuten, drei Sätze lang, festgenagelt auf Ihrem Stuhl, dürfen keinen Ton von sich geben, das Instrument ist kalt, Sie können den Zug ein bißchen bewegen, das Mundstück anwärmen – und dann müssen Sie in der richtigen Zehntelsekunde ein lupenreines hohes A hinlegen ...

All diese Investitionen sollen nun für die Katz sein?

Vielleicht bin ich zu bescheiden, Herr Richter, wenn ich mich immer als Posaunisten vorstelle. Ich bin mehr als ein einfacher Tenorposaunist, ich bin 1. Posaunist gewesen, der Mann für die Soli, der Stimmführer der Posaunen, Tenor und Baß und Tuba. Was der zu leisten hat, was ich geleistet habe, sollen Ihnen die Kollegen erzählen. Ich beantrage, die Herren G., B. und M. als Zeugen zu laden.

Was haben wir gekichert, als Kyritz sagte: «Das Blasinstrument wird gleichsam zu einem Glied des Spielers.» Und jetzt das Glied abschneiden?
    Nein, ich werde kämpfen.
    Ich kenne den Satz: Musiker kämpfen nicht.

Vor zwei Wochen die Anzeige *Lehrer für Blasinstrumente hat noch Stunden frei. Komme evtl. ins Haus.* Kein Anruf. Nicht mal ein schweinisches Angebot.
    Wieder mal die Musikschulen angerufen. Kein Bedarf.
    Nur einer von vier Millionen.

Heute morgen lief mir eine Gruppe von Kleinkindern über den Weg, Kindergartenausflug. Aus seinem dicken grünen Anorak heraus sang ein Zwerg von vier, fünf Jahren *We are the champions*.
    Der Optimismus ist nicht aufzuhalten. No time for losers.

Von den alten Freunden ist nur Ulli geblieben. Der einzige, der auf meine Untat nicht panisch reagiert hat: «Alter, du hast Scheiße gebaut, aber deshalb kipp ich unsere fünfundzwanzig Jahre nicht in den Gully.»

Seit Studentenzeiten treffen wir uns alle paar Wochen auf ein paar Biere. Immer in einer andern Kneipe, das ist die Regel, so haben wir Berlin ganz gut kennengelernt. Seit beinah dreißig Jahren ist er Mitglied der SPD und spielt trotzdem ein gutes Horn, früher bei den Radio-Symphonikern, heute im Deutschen Symphonie Orchester.

Gestern brachte er einen Artikel aus der «Süddeutschen» mit. Wir überlegten, den für meine Verteidigungsrede zu verwenden, ungefähr so:

Angenommen, ich wäre nicht Musiker, sondern Ingenieur geworden oder Kaufmann und hätte Ende der achtziger Jahre Waren für über 30 Millionen DM an den Irak geliefert, darunter Bauteile für Raketen und für eine Gasultrazentrifuge zur Herstellung von Atombomben. Nachdem die mit meiner Beihilfe aufgestiegenen Scud-B-Raketen in Tel Aviv Menschen getötet und Häuser zerstört hätten, wäre ich erwischt und in Untersuchungshaft gesperrt worden. Dank einer Bürgschaft der Dresdner Bank von 500 000 DM hätte ich aber nach einigen Wochen das Gefängnis verlassen dürfen. Hätte Anwälte angeheuert, welche die Wirtschaftsstrafkammer des Bonner Landgerichts davon überzeugt hätten, daß die Verwendung meiner Waren (Luftfilter, Spezialfedern, Kreiselmotoren, Vakuum-Glühöfen, Ringmagnete usw.) zur Herstellung der Raketen und Atomwaffen des Irak «nicht hinreichend wahrscheinlich» sei. Daß es keine eindeutigen Beweise gebe und ich letztlich das alles nicht habe wissen können und daß von einer erheblichen Störung der auswärtigen Beziehung Deutschlands zu anderen Staaten «nur schwerlich die Rede sein» könne. Außerdem hätten meine Anwälte das Verfahren so lange hingezogen, bis auch der deutlichste Beweis, meine Hochdruck-Rohr-Schläuche an den Resten der Scud-B-Raketen, nicht mehr juristisch geprüft werden konnte, und die ganze Geschichte verjährt und ich als freier Mann ohne Vorstrafe ...

Ich weiß schon, Herr Richter, Strafprozesse und Zivilprozesse darf man nicht verwechseln, und wir beide sind nur in ein simples Arbeitsgerichtsverfahren verwickelt. Trotzdem, verwechseln Sie mich bitte – einmal nur, vergleichen Sie mich mit dem Gauner, der für seine Geschäfte mit dem schlimmsten Diktator von heute ... der erste Deutsche seit über fünfzig Jahren, der wieder Beihilfe leistet ... und dafür von deutschen Gerichten ...

Ja, ich soll nicht moralisch werden, ich weiß. Schon gar nicht Moral verlangen von Juristen. Bereuen und still sein soll ich. Mich nicht aufschwingen zum Großredner. Und wenn, dann wenigstens eine ordentliche, sachliche Erklärung abliefern, kurz und knapp. Nein, ich kann meine Rede nicht ordnen, ich will sie nicht ordnen. Bin kein Anwalt, nur ein Anwalt meiner selbst, ein schlichter, ein schlechter Anwalt, ich muß nicht mal lügen.

Ich habe nichts zu verbergen, will nur sagen, was ich denke, was ich dachte, falls das noch erlaubt ist vor Gericht oder vor der Presse und den paar Leuten, die mir zuhören.

Was soll ich machen, wenn keiner mehr meiner Posaune zuhören will, soll ich mich auf den Breitscheidplatz oder auf den Alex pflanzen und drauflosblasen wie Petersburger Musikstudenten und um Markstücke betteln? Oder soll ich mich abends vor der Oper aufstellen und ihnen ins Gewissen blasen, den feinen Damen und Herren, die sich so viele Jahre an meinem strahlenden, federnden Ton ergötzt haben, falls sie beim Blech, bei den Posaunen überhaupt hingehört haben?

Nein, ich hab keine andere Wahl, ich muß große Töne spucken, ich muß meine Rede üben, Gedanken sammeln für meine Rede und für die Pressekonferenz nach dem Urteil.

Ja, es gibt so etwas wie den Jericho-Komplex. Die Stadtmauern eingerissen mit starken, lauten Tönen, die Posaunen haben Rammböcke und Abrißbirnen ersetzt, kein anderes Instrument in der Weltgeschichte hat mehr bewirkt. In jedem Posaunisten lebt diese Legende weiter, ob er sie glaubt oder nicht: Ich kann mit meiner Kunst etwas erreichen, die Posaune ist nicht zu überhören, auf die Blechbläser kommt es an. Wenn es hart auf hart geht, entscheiden wir die Schlacht. Natürlich überschätzen wir uns, aber jeder im Orchester braucht seinen kleinen Größenwahn. Ohne Größenwahn läuft an der Oper sowieso nichts.

Die Fraktion Blech hat ihren speziellen Tick, diese gebremste Hau-Ruck-Mentalität.

Wir ordnen uns ein jeden Abend, wir ordnen uns unter, wir zählen und zählen die Takte, wir spielen sauber vom Blatt und bleiben fehlerlos und brav, ab und zu ein Kiekser, den nur die Kollegen mitkriegen. Jeden falschen Ton aber, jeden falschen Einsatz eines Blechbläsers hört man sofort bis in die letzte Reihe (den würden sogar Sie hören, Herr Richter). Und das wissen wir, wenn wir nicht aufpassen, geht alles schief. Mit unseren mächtigen Instrumenten könnten wir alles kaputtmachen – und heimlich rechnen wir immer mit dem großen Einsatz, dem großen Solo, dem großen Sieg, bis die Wände wackeln.

Und alles, sagte Meschenbach, mein Lehrer an der Hochschule für Musik, weil Luther das falsch übersetzt hat. In Jericho wurde das Schofar geblasen, das Widderhorn des Alten Testaments. Das klang dem Luther zu sehr nach Synagoge, zu jüdisch, deshalb machte er daraus die Posaune, die gerade erst erfunden war.

Da steh ich nun mit meinem pathetischen Instrument.

Cherchez la femme! Meinen Sie, Herr Richter, daß meine Tat oder die Vorgeschichte meiner Tat ohne den Faktor Frau zu erklären ist? Nein? Gut, dann können wir weitermachen. Aber wo? Bei der Mutter? Der Schwester? Der ersten Freundin? Der letzten? Der Ex-Frau? Sie wissen, ich bin geschieden (wie mehr als die Hälfte der Kollegen), seit mehr als zehn Jahren in wechselnden Verhältnissen. (Mein Sohn studiert Jura, insofern trag ich dazu bei, wieder etwas Ordnung in die Welt zu bringen.)

Mit den Frauen ist immer alles schiefgelaufen, hab ich am Anfang gesagt. Das war falsch. Ich hätte sagen sollen: Ich habe mir immer die falschen gesucht. Ich übertreibe? Ich übertreibe. Ist C. die Ausnahme? Nicht die einzige. Ich widerspreche mir. Ich rücke nicht raus mit der Sprache? Hohes Gericht, soll ich wirklich rausrücken mit der Sprache vor dem Hohen Gericht?

Hilfsweise (den Ausdruck verdanke ich meinem Anwalt) beantrage ich, Frau C. N., meine ehemalige Geliebte, als Zeugin zu laden.

Fange ich an zu spinnen? Was ich hier hinschreibe, werd ich nicht im Gerichtssaal sagen, so verrückt bin ich nicht. Ich brauche aber die Vorstellung, vor der Richterbank zu stehen und nach vorne zu sprechen, zu Ihnen, Herr Richter, zu Ihnen, der über mein Schicksal den Daumen hält. Ich helfe Ihnen bei der Wahrheitsfindung, Sie helfen mir bei der Wahrheitsfindung. Ich benutze Sie als Dirigenten, Herr Richter. Sie geben den Takt, Sie haben Ihre Partitur, ich habe meine. Sie geben die Einsätze, und ich spiele, was ich zu spielen habe, und mir ist es egal, ob wir zu zweit sind oder auf der Probe oder ob vierhundert oder elfhundert Leute zuhören: Ich spiele.

«Spucken müßt ihr», sagte Kyritz, «spucken! Stellt euch vor, daß ihr ein bestimmtes Ziel anspuckt! Musizieren heißt für uns: jeden Ton zielend anspucken! Stellt euch eine schöne lange Flugbahn vor, eure Spucke, euer Ton fliegt weit in den Raum!»

Wenn Kyritz unzufrieden war mit unserm Spiel, öffnete er das Fenster im Gemeindesaal, wo der Posaunenchor übte, und befahl den Anfängern, aus dem Fenster zu spucken. Vier, fünf pubertierende Knaben spuckten in Pfarrers Garten.

«Und jetzt», sagte er und schloß das Fenster, «die Feinarbeit: Denkt euch, ihr müßt mit dem Zungenstoß ein Fädchen von der Lippe wegspucken, wie es eure Mutter tut, wenn sie beim Nähen einen Faden abgebissen hat und ein Stückchen auf ihrer Lippe hängengeblieben ist. Aber dabei will ich keine Spucke sehen!» Und er hielt mir die Hand dicht vor den Mund und schimpfte, wenn er außer dem Luftstoß noch sprühenden Speichel spürte.

Auf die Spuckpausen an der frischen Luft legten wir es an. Ich weiß nicht, ob ich bei der Posaune geblieben wäre, wenn ich diese Lust am Spucken nicht hätte austoben dürfen. Spucken war verboten, zu Hause, in der Schule, überall, wie alles verboten war, Schimpfen, Fluchen, Furzen, Klagen, Schreien, Streiten, Schmatzen, Räkeln, Onanieren, Berühren. Sie kennen das, Herr Richter, so viel anders wird es Ihnen auch nicht ergangen sein. Mein Vater, dessen halbes linkes Bein in der Normandie geblieben war, gehörte noch zur alten Schule, bei jedem Kummer sagte er:

«Schlucks runter!» und meinte: Haltung, Soldat, zeig deine Gefühle nicht und deine Schwäche schon gar nicht! Das Spucken war der Anfang einer Opposition, die Aufforderung zu spucken eine Aufforderung zur Revolte, das war ein guter Trick von Kyritz. So wurde die Posaune wirklich ein Glied des Körpers.

Es hat mir gefallen, die ganze frühe Wut auf die Welt und die Eltern und Lehrer auszuspeien, aus dem Fenster, ins Mundstück, auf die Straße. Morgens auf dem Weg zur Schule oder bei einsamen Spaziergängen durch das Städtchen suchte ich Ziele, ein Loch im Kanaldeckel, Löwenzahn neben Bürgersteigplatten, Papier am Boden, Abfallkörbe, nichts war sicher vor meiner Spucke. Beim Wettspucken mit den Freunden gewann ich oft. Mehr als die sportliche Seite reizte mich die Opposition gegen die Vater-Devise. Statt: Schlucks runter! sagte ich mir: Spucks raus! Ich war stolz darauf, daß ich etwas Eigenes, Schmutziges, Schmieriges, Unhygienisches, Rotziges gegen das Finanzbeamtenleben zu setzen hatte.

Sogar in der Kirche, wenn wir mit den frisch geputzten, glänzenden Instrumenten vorn in der Nähe des Altars saßen mit den Gesichtern zur Gemeinde, ließ ich von meiner fixen Idee nicht ab und suchte, wenn wir das Eingangslied geblasen hatten, im Publikum die Mädchen, die ich anbetete und die von meiner Anbetung nichts wußten. Ich spuckte sie an – durch das Mundstück, aber nicht allein durch das Mundstück. Wenn wir den nächsten Choral spielten, etwa *Wachet auf, ruft uns die Stimme*, stellte ich mir vor, sie mit meinen Tönen zu rühren und sie mit meiner Spucke zu markieren. Ich zielte nie in die Gesichter, ich zielte dahin, wo ihre Geheimnisse lagen, die sie vor mir verbargen, ich zielte durch ihre Mäntel und Kleider auf Brüste und Unterleib, ich zielte auf das, was ich nicht sah und nicht kannte. Weil ich kein strahlender Trompeter war, fürchtete ich, daß die Mädchen mich nicht mochten. Also versuchte ich, ihre Aufmerksamkeit wenigstens auf die Posaune zu lenken, das lange, schlanke Gestänge, das auf und nieder ging, mal länger, mal kürzer wurde, in jedem Takt mehrmals die Position und die Länge wechselte. Ich strengte mich an, immer besser zu spucken und zu treffen. Meine Phantasie war stark, mein Wille zur Eroberung geradeaus gerichtet, und während ich *Werde munter, mein Gemüte* oder *O Haupt voll Blut und Wunden* oder *O du fröhliche!* blies, lockerte und öffnete ich die Schutzmauern der Mäntel und Jacken. So wurden sie mein – bedenken Sie, ich war fünfzehn ungefähr.

Sie entscheiden über meine Zukunft als Musiker, also müssen Sie wissen, was mir mein Instrument bedeutet, wie wir zusammengewachsen sind all die Jahre. Sie sehen, ich habe immer ins Instrument gezielt, alle Spucke, alle Energie in die Musik investiert, mich nach innen gewendet. Habe nie eine Rede gehalten, keinen Aufstand angezettelt, auch nicht als Student, und keinen Dirigenten vom Pult gestoßen. Nie war ich in einem Gerichtssaal, habe nie große Worte aufs Papier gespuckt, falls Sie verstehen, was ich meine.

Auch wenn das nur vorläufige Privat-Notizen sind: Ist das nicht alles ziemlich verräterisch? Mach ich mit meinen Bekenntnissen nicht alles noch schlimmer? Weiß nicht mehr, was richtig und falsch ist, erst recht nicht, was vor Gericht falsch und richtig ist. Taktik, was ist das, Herr Dr. Möller? Sollen wir einen Gerichtspsychologen verlangen? Fühle mich sowieso von allen Seiten beobachtet wie ein Albino oder ein gen- oder sonstwie manipuliertes Schwein.

Fünf Orchester-Lehrjahre in Bremen, da war ich der Sautrompeter. Ein Cellist hatte behauptet, in seinem Dorf in Mecklenburg habe man die Posaune Sautrompete genannt – und ich hatte etwas heftig reagiert, nach dem fünften oder sechsten Bier, schon stand mein Spitzname fest. Zum Glück drang der Sautrompeter nicht bis Berlin.

Es freut mich, nicht der einzige Idiot zu sein. Alle stolpern sie über die Pflastersteine der deutschen Geschichte. Immer wieder Peinlichkeiten, wenn die Vergangenheit droht.
    Ulli ist ein fleißiger Zeitungsleser und klärt mich auf, wie Berliner Politiker sich über der Frage ereifern, ob eine Straße an die Revolution von 1848 erinnern soll oder nicht. Die einen sind überhaupt dagegen, mit einem Straßenschild die 48er zu ehren – «aus Respekt vor den 48ern». Die zuständigen Bezirkspoliti-

ker sind dafür, sie wollen einen möglichst großen Platz umbenannt sehen – ihnen sind hundert Meter Straße zu kurz, das sei «eine Mißachtung der 48er». Der Verkehrssenator, von einer anderen Partei und eine Niete auf seinem Posten, verkündet mit Getöse, jenes kleine Stückchen Straße sei genau das richtige, um die Märzrevolution zu würdigen, weil diese Straße auf die Straße des 17. Juni münde, der «historische Kontext»! Ein Jubiläum droht, 150 Jahre, also soll alles rasch entschieden werden. Ein vierter Vorschlag, den Platz vor dem Gorki-Theater für die März-Revolutionäre umzutaufen, weil hier gekämpft worden sei, wird von neuen Koalitionen verhindert. Wer heuchelt am meisten? Jeder schimpft gegen jeden, alle sind zuständig oder fühlen sich zuständig.

«Alle haben sie ihre Prinzipien, ihre eigenen Barrikaden», sagt Ulli, ohne sich über das alles aufzuregen.

«An den Barrikadenkämpfen von 1848 hätten sie sich nicht beteiligt», sag ich.

«Das ist unhistorisch gedacht», sagt Ulli.

Ich könnte zufrieden sein: Habe einen Freund, der weiß, was richtig ist. Sogar, was historisch gedacht ist. Sorry, ich kann nur unhistorisch denken.

Ein flotter Herr um die sechzig bezirzt im Café eine Dame um die fünfundvierzig. Wenn sie das Kinn auf die Hand stützt, macht er es nach. Wenn sie nachdenklich schaut, liegen Falten auf seiner Stirn. Bewegungen spiegeln sich, ohne daß die beiden es merken. Seine Gesten sind kontrolliert, sein Lachen ist taktisch. Ich kenne ihn, aber weiß nicht woher. Dunkles Haar, dunkler Teint, ein kantiges Gesicht, der Mann gefällt mir nicht. Vielleicht, weil er gockelt, als habe er die Frau schon gewonnen, die lebhaft ist, blond, mit hoher Stirn, von der geschäftsmäßigen Glätte einer Anwältin oder Maklerin.

Nach ein paar Minuten weiß ich endlich, wer er ist, sofort wird meine Wahrnehmung bissiger. Er ist keine drei Jahre lang Justizminister gewesen, hat wegen eines Skandals den Posten räumen müssen. Bald danach tauchte er hin und wieder am Bühneneingang der Oper auf, sogar in der Kantine, weil er ein Verhältnis hatte mit unserer Harfenistin, einer Freundin von C. Nach einer Saison hatte sie genug von diesem Gockel, ein «konservativer Knochen» und «schlapper Liebhaber» (wie C. erzählte, die mir gern die Enttäuschungen ihrer Freundinnen über deren Männer verriet, um mir die schönsten Komplimente zu machen).

Nun verzehrt er seine Pension und verführt am hellen Vormittag Anwältinnen. Warum verachte ich ihn? Weil er nicht in den Brunnen gefallen ist, der Mann? Weil er mit der Freundin von C. geschlafen hat? Weil er einer von vielen tausend Skandalgewinnlern ist? Weil er Glück bei den Frauen hat? Weil er vielleicht mal Ihr Dienstherr war, Herr Richter?

Auf dem Flug nach Tel Aviv im Klassik-Kanal Mahlers Erste. Immer wieder ein Fest für die Ohren, nicht nur die starken Posaunen. Aber Mahler ist heikel, bei den Triebwerkgeräuschen sind die Kontraste nie richtig auszupegeln. Piano ist kaum zu hören und forte klingt im billigen Kopfhörer klobig und platt. Trotzdem nett von der Lufthansa, dachte ich, auf dem Flug nach Israel einen jüdischen Komponisten ins Programm zu nehmen.

Wir hatten das Einreisepapier auszufüllen. In einer Rubrik wurde nach dem Vornamen des Vaters gefragt. Ich setzte zum Schreiben an: Hans-Heinrich und wunderte mich nicht, daß der Name der Mutter nicht gefordert war. Natürlich wollen sie wissen. Vater war Soldat gewesen, wie alle. Frankreich, Balkan, wieder Frankreich, bis ihm das Bein zerfetzt wurde. Zwischendurch mal ein halbes Jahr, mal ein paar Wochen im Lazarett oder die Ausbildung im Finanzamt Schwerin. Wenn der Krieg nicht gewesen wär, hätt ich Parteimitglied werden müssen, sagte er immer. Nach der PG-Nummer wurde nicht gefragt.

Was bedeutet es, daß ich hier Hans-Heinrich hinschreibe?, überlegte ich, während Mahlers «Titan» die Gedanken vorantrieb. Verrate ich ihn? Vielleicht wissen sie mehr über meinen Vater als ich. Was tun sie mit mir, wenn er ein höherer Nazi war als ich ahne, wenn er mehr als ein normaler Wehrmachtsverbrecher war? Nehmen sie mich dann bei der Einreise fest oder observieren sie mich oder schicken sie mich zurück, wenn auf dem Bildschirm die Wahrheit leuchtet? Soll ich einen andern Vornamen hinschreiben, vorsichtshalber? Wenn ich lüge, werden sie es merken? Haben sie alle Daten über meine Familie gespeichert, warten sie nur darauf, mich zu ertappen, werden sie mich besonders verdächtigen, werden sie mich verhören, und alles wird noch schlimmer, als wenn ich die Wahrheit geschrieben hätte? Warum komm ich auf solche Fragen? Fühl ich mich mitschuldig? Warum sollten sie mich bestrafen, unsere Oper bestrafen? Was können sie mir tun? Ich bin Hannes der Musiker und nicht der Finanzinspektor i. R. in seinem Altersheim-Bett.

Oder wenn es nicht mich trifft, sondern einen andern aus dem Orchester, wenn der Vater des Paukisten oder der Vater einer zweiten Geigerin ein hoher SS-Mann war, ein kleiner Eichmann, ein Gesuchter, was dann, platzen dann unsere acht Abende? Alles ausverkauft, und, Skandal, Skandal, kein «Liebestrank», keine «Zauberflöte», die schöne Million für das Gastspiel in den Sand gesetzt? Nein, dann werden wir Ersatzleute nachfliegen lassen aus Berlin.

Alles Quatsch, nur eine Frage im Einreisepapier. Eine Auskunft, keine Strafe. Wir werden nur angeschaut, mit Blicken geprüft, bei jedem Auftritt gemustert: Das sind die Kinder von Verbrechern, na schön, sieht man es ihnen an, sieht man es ihnen nicht an? Peinlich, alles ist peinlich, auch unser Programm mit dem «Liebestrank» und der «Zauberflöte». Wir kommen daher mit Mozart und Donizetti und hätten vielleicht am liebsten doch einen Wagner ins Land geschmuggelt. Völkerverständigung mit Musik, jawoll, Herr Intendant, Versöhnung, deutsch-israelische Versöhnung mit zwei Opern, jawoll, Herr Intendant, und ist es nicht nett von der Lufthansa, auf dem Flug nach Tel Aviv Mendelssohn und Mahler neben die unvermeidlichen Hits von Mozart und Haydn in den Klassik-Kanal zu stopfen ...

Ich lauschte den herrlichen Dissonanzen des vierten Satzes, stürmisch bewegt, und ließ die Gedanken laufen. Mahler tobte im Ohr, das Gralsthema aus «Parsifal», das er hier mit Trompeten und Posaunen explosiv variiert, und ich wurde immer ruhiger und fühlte mich aufgehoben im Toben der Musik. C. saß drei Reihen vor mir, ich freute mich auf die kommenden Tage. Hinter uns das Abendrot über Zypern, und das Flugzeug glitt langsam in den Sinkflug, «wir haben unsere Reiseflughöhe verlassen und werden in zwanzig Minuten in Tel Aviv landen». Ich schwebte geruhsam abwärts, und als wir ausgestiegen waren, sah ich in all den vielen uniformierten Polizisten, Soldaten, Zöllnern schon keine Richter mehr, sondern Beschützer. Sie empfingen uns freundlich, wenn auch nicht mit offenen Armen.

Heute denke ich, sie wollten mit der Frage nach dem Vater vielleicht nur bezwecken, daß wir uns ein bißchen verstricken: Wer bin ich? Dies Fragezeichen ging einem ja in all den israelischen Tagen nicht aus dem Kopf. Jeder gibt seine Antwort. Ich hab eine gegeben, die nicht meine war, ich Trottel.

«Du bist ein Skorpion», sagt meine Schwester, «deine ganze dumme Geschichte ist nur damit zu erklären, daß du ein Skorpion bist. Sag das mal deinen Chefs in der Oper, die dich entlassen haben: Einer wie du hat einen starken Willen, ist selbstbewußt, hartnäckig, widerspenstig. Ich kenn dich doch, Hannes, du wirst leicht mißtrauisch, aufsässig, schroff, anders wär dir das doch nicht passiert. Du vergißt schwer und bist nachtragend, wenn dein Stolz verletzt wurde, du neigst zu Kritik und Eifersucht.»

«Ich darf also alles auf die Sterne schieben?»

«Nein, aber dich versteht keiner, wenn du nicht laut sagst: Skorpion. Das mußt du denen erklären, die über dich urteilen.»

So spricht sie seit Wochen mit mir, und bei jedem Telefonat muß ich mir einen zehnminütigen Vortrag über Skorpione anhören.

Sie hat gut reden, Kunstlehrerin in Weinheim an der Bergstraße, mit einem Englischlehrer verheiratet, zwei gesunde Kinder, ein bezahltes Haus, zwei Autos, und damit ihre Wüstenrotwelt noch besser geordnet wird, betreibt sie zum Spaß, wie sie sagt, ein bißchen Astrologie. Von Jahr zu Jahr ist es ihr ernster damit.

«Von deiner Willenskraft», sagt sie, «und deinem Ehrgeiz hat das Orchester, hat die Oper doch profitiert, sie müßten dir dankbar sein und deinen Fehler verzeihen.»

Sie überschätzt ihren großen Bruder, sie verwechselt den Posaunisten mit einem Heldentenor. Sie gehört zu den Leuten, die beim Wort Oper immer nur an Tenöre denken.

Ich sag ihr: «Wie oft soll ich dir erklären, als Blechbläser bin ich so ziemlich das letzte, ab und zu ein Solo, aber auf mich können sie von einem Abend auf den andern verzichten.»

«Du bist eine Kämpfernatur», sagt sie.

«Davon merke ich im Augenblick nichts.»

«Du hast Stehvermögen», sagt sie.

«Das sag ich mir auch, wenn ich durch die Stadt laufe.»

«Du willst alles perfekt machen», sagt sie.

«Zur Zeit will ich alles perfekt falsch machen.»

«Für dich», sag ich, «bin ich ein Skorpion. Für die andern ein Alkoholiker oder ein Antisemit oder ein Monster, was ist der Unterschied? Und überhaupt, wo ist mein Stachel, wo ist mein Opfer? Wie oft kann der Skorpion zustechen? Sticht er sich selbst? Keine Ahnung. Bin ich nicht das Opfer, hacken nicht alle auf mir rum? Lies du nur weiter deinen Kaffeesatz!»

So grob sag ich das nicht, sie ist immerhin eine Verbündete, eine von vier oder fünf Verbündeten.

Also, Herr Richter, im Interesse der Wahrheitsfindung weist der Skorpion darauf hin, daß er ein Skorpion ist.

Ist es Ihnen lästig, daß ich Sie so oft anrede mit Herr Richter, Herr Richter? Ich vermisse den Dirigenten, falls Sie das verstehn. Der Erzfeind Dirigent, den

Spruch hatte ich auch immer drauf. Frack oder Talar, was macht das. Ich will mir weiter einbilden, daß Sie mir mehr als drei Minuten zuhören. Bin es nicht gewöhnt, ohne Dirigent zu spielen, ohne Taktstock zu denken.

Vergessen Sie nicht, ich habe unter einer Tyrannei gelebt. Obwohl ich nie unter Karajan gespielt habe. Jeden Abend mich erhoben vor meinem Herrscher, und wenn es der letzte Gastdirigent war. Ich habe kein Problem damit aufzustehen, wenn Sie den Gerichtssaal betreten, Herr Richter. Gehöre selber zu der Fraktion, die Schwarz trägt im Dienst.

Was mache ich falsch? Ich tue immer noch so, als könnte ich gewinnen. Als wollte mir jemand zuhören beim Prozeß. Als könnten meine Argumente, Motive, Erklärungen etwas ausrichten. Als käme es auf Argumente an. Als käme es auf mich an.

Nein, ich werde mich steigern müssen. Was ist schon eine Kellner-Beleidigung, die zur Staatskrise führt! Lächerlich. Nein, richtig böse werden. Also Hakenkreuze schmieren, das Kopfhaar abrasieren, Nazischriften versenden, in Schnürstiefeln marschieren, ein Haus anzünden, dann wäre die Welt in Ordnung, und alle werden sich bestätigt fühlen, die Kollegen, der Intendant, die Journalisten, die Richter. Oder richtig verrückt werden. Oder ein Amokläufer.

Bleibst du harmlos, wirst du vergessen. Nur der Verbrecher, der sein Verbrechen mit neuen Verbrechen krönt, hat die Chance zu überleben mit Ruhm und Würde.

Endlich die Sau rauslassen, den Skorpion.

«Erinner dich, was in deinem Horoskop steht», sagte meine Schwester vorgestern, «die Lebensjahre zwischen 50 und 57 werden besonders markant und ereignisreich sein.»

Da hat sie recht. Markanter geht es nicht.

Gelände der jüdischen Gemeinde, der Synagoge in der Fasanenstraße. Vor dem Zaun wie immer ein Polizist, alt, müde, unaufmerksam, wie soll der einen Terroristen abschrecken? Eine Maschinenpistole, schützt sie vor radikalen Palästinensern, vor deutschen Nazis, oder schützt sie unsere hübsche deutsche Unschuld? Warum schaffen wir es nicht, daß sich Juden versammeln können wie andere Leute, wie Katholiken auch? Früher standen Polizisten neben den SA-Leuten vor den Geschäften: Kauft nicht bei Juden!

Heute haben sie auch eine Botschaft: Vorsicht, bei Juden ist es gefährlich, meiden Sie das Ghetto! Sie sind ein freier Bürger, aber schauen Sie, es ist in Ihrem Interesse, nicht bei Juden zu kaufen. Bitte, bleiben Sie nicht stehen, schauen Sie nicht zu genau hin, das ist verdächtig, bewegen Sie sich zügig weiter!

Er wird mich nicht hindern hineinzugehen. Ich könnte im Restaurant die Speisen essen, die mir in

Tel Aviv entgangen sind. In der Eingangshalle wird man auf Waffen und Bomben untersucht, ich war vor drei Jahren mal hier. Schreibt man die Namen der Besucher auf? Hab es vergessen. Wird man mich erkennen? Mit Hausverbot bestrafen?

Ich gehorchte den stummen Befehlen des Polizisten und ging zügig weiter.

Traum: Stolpere lange durch unwegsames Gelände, eine städtische Trümmerlandschaft, an der Ruine eines Gasometers vorbei, und gerate in die Nähe einer Gruppe von fünfzehn bis zwanzig Männern. Alle bewaffnet mit Maschinenpistolen, Maschinengewehren, Panzerfäusten. Zum Ausweichen ist es zu spät. Die Kerle sind ohne Uniform und blicken mich finster an, schußbereit. Kriminelle, denke ich, jetzt bist du verloren. Da fühle ich in meiner Hosentasche eine Spielzeugpistole, nicht größer als mein Handballen, ich nehme sie aus der Tasche, zeige sie vor. Sie blitzt in der Sonne, der Abzug ist so klein, daß ich mit dem Zeigefinger kaum abdrücken könnte. Ich weiß nicht mal, ob ich Munition habe, trotzdem stelle ich mich zu der Gruppe, reihe mich ein, als gehörte ich dazu. Sie nicken, sie akzeptieren mich. Das Gefühl der Bedrohung weicht.

123

Im Blick zuerst der Arm, der den Kopf stützte, das V des linken Arms in einem auberginefarbenen Pullover, dann das Profil. Sie saß an einem Ecktisch, blätterte in einem Katalog, musterte die Bilder, las konzentriert, die Finger locker zwischen den Blättern.

Ob ich sie zuerst erkannte oder sie mich, weiß ich nicht. Die Frau des Kollegen O., gute Mitte Vierzig, großes, blasses Gesicht, schmale Nase. Ein ruhiger Blick, der auf Stärke schließen ließ. Mir schoß das Gerücht durch den Kopf: O. hat sie sitzenlassen, Scheidung eingereicht, wegen einer Jüngeren, einer Schülerin, Fagottistin Mitte Zwanzig, dazu «aus dem Osten», die übliche Geschichte.

Als ich ihr zunickte, nickte sie mir zu.

Das hat es seit Monaten nicht gegeben: Jemand aus der großen Opernfamilie, der sich nicht wegdreht, wenn der Verbrecher, der Täter, der Schandwolf in Sichtweite kommt. Noch dazu eine Frau!

Sie trank Tee, ich schaute auf ihr Haar und konnte von fern nicht erkennen, ob das Braun leicht rötlich gefärbt war oder nicht. Färben sie nicht alle, die Frauen in diesem Alter?

Du mußt an ihren Tisch, das war sofort entschieden.

Ich wartete fünf Minuten. Ein griechisches Lokal mit Blick auf die Potsdamer Brücke, Mittagsstau und Nieselregen. Frau O. saß unter dem unsichtbaren Schatten einer Palme. Überall in Restaurants und Cafés der grüne Trost der Riesenpflanzen. So bleiben wir im verlängerten Wohnzimmer oder im verlängerten Strandurlaub. Schätze, es gibt so viele Zimmerpalmen wie Autos in Berlin, mehr Palmen als Ratten.

«Darf ich?»

Sie zögerte, bevor sie «Ja» sagte. Sie wußte meinen Namen noch. Sie erinnerte sich, daß wir bei einer Orchesterfeier einmal sehr lange über die Frage gesprochen hatten, warum Mahler keine Oper geschrieben habe und Beethoven nur eine.

«Das ist selten, daß man mit Musikern über Musik reden kann, ernsthaft», sagte sie.

«Meistens erzählen sie nur Witze.»

«Wenn sie unter sich sind. Dreckige Witze. Sie natürlich nicht...»

«Ich spiele lieber Skat.»

Neben ihrem Salatteller lag ein Katalog Piero della Francesca. In der Neuen Gemäldegalerie arbeitet sie, spezialisiert auf die Renaissance, und entscheidet mit über die Hängung der Bilder, die Jahrzehnte in Dahlem waren und jetzt ins Kulturforum transportiert wurden.

Sie kannte meinen Fall aus den Zeitungen, ich gab in wenigen Sätzen Auskunft über mein Leben nach der Tat. Sie schaute mich nicht wie einen Aussätzigen an. Sie fragte genauer als meine Schwester. Sie redete nicht über O., kein Wort über das Orchester, die Oper tabu. Also war das Gerücht richtig. Welchen Grund hat O. gehabt, sich scheiden zu lassen, überlegte ich, das junge Mädchen allein kann es doch nicht gewesen sein, und sagte etwas über die Zimmerpalmen. Frau O. lachte.

Ich war der Dummkopf, der zuerst auf die Uhr schaute.

Sie unterbrach mich, ihre Mittagspause war vorbei, sie mußte gehen. Da gab ich ihr, ohne es geplant zu haben, einen Handkuß, der überdies ganz gut gelang. Ich hielt ihre Hand und sagte so bewegt und männlich wie möglich: «Ich danke Ihnen. Ich will Sie wiedersehen. Morgen?»

«Übermorgen, mittags, hier.»

Kenne nicht mal ihren Vornamen. Zu Hause hörte ich Mahlers Erste und suchte nach ihr im Telefonbuch. Unter O. fünf weibliche Vornamen und vier Abkürzungen. Fünf fremde Frauen anrufen, dann die abgekürzten, lieber nicht. Frank, ihr Ex-Mann, ist nicht verzeichnet. Wahrscheinlich ins Umland, ins neue Eigenheim verzogen wie viele Kollegen.

Fast hätte ich meine Übungsstunden vergessen.

Die Posaune stirbt aus, dachte ich vor den ersten Zungenstößen, wozu noch üben? Spielte dann eine Stunde länger als sonst.

Bis jetzt hab ich die Sätze aus meinem Notizbuch alle paar Tage ausgebaut und in die (elektrische) Maschine getippt, hintereinander, wie die Einfälle so kamen.

Bis jetzt dachte ich: alles für den Anwalt, alles für den Richter. Schon bei den Sätzen über C. zögerte ich. Da gibt es Zusammenhänge, aber warum soll ich die Juristen damit behelligen?

Ich merke, ich finde Gefallen am Aufschreiben.

Will nicht überlegen müssen, was nützlich ist und was nicht, was paßt, was nicht. Die Begegnung mit Frau O. hat vor Gericht nichts zu suchen. Gerade deshalb schreib ich es auf.

Also: keine Zensur beim Tippen.

Werde von jetzt an jede Notiz auf ein neues Blatt schreiben, mit Papier aasen, und später zusammensuchen, was für RA Dr. Möller, was für den Richter brauchbar sein könnte (und vielleicht mal für Eric, meinen Jura-Sohn). Mit Computer wäre alles einfacher, aber damit kenn ich mich nicht aus, und das Geld wird knapp, und der Adenauer in mir sagt: Keine Experimente!

Ein Rendezvous in Aussicht, schon schlafe ich besser.

Die Palästinenser-Tücher sind von 15 DM auf 8,90 herabgesetzt, die schwarzgemusterten wie die roten. Sie kommen aus der Mode. Wie viele junge Leute sind jahrelang mit diesen Tüchern um den Hals herumgelaufen, Zeichen einer schmuddeligen Opposition, und haben damit für die PLO demonstriert. Die meisten ganz naiv. Fanden das Muster schön, die versetzten Karos.

Ein Kampftuch im Ramsch. Ich sah es, glaubt mir, ihr Völker Israels, mit Freuden vor dem Kaufhaus Wertheim.

Albert Speer hat noch gefehlt, sagt Ulli, jetzt wird auch er ein Theaterheld. Die Leute zahlen dafür, daß sie sich delektieren dürfen an den schäbigen Seelchen von Eva Braun und Emmy Göring, an Heß und Goebbels und der ganzen Bande. Sie dürfen nach Hause gehen mit der Gewißheit: So schlimm wie die bin ich nicht, so schlimm waren die auch wieder nicht.

Nur wenige hundert Meter von den Theaterbrettern der Bretterzaun um das Gelände, wo die Deutschen der Opfer gedenken sollen. Im Streit um das richtige Gedenken werden die Verbrecher immer blasser, Masken, immer kleiner, Marionetten vor düsteren Kulissen. Eine Handvoll harmloser Täter und sechs Millionen plus sechzig Millionen Opfer, aber wo sind die Verbrecher, die Mörder?

Irgendwas hab ich falsch gemacht. Warum läßt sich ausgerechnet mein Verbrechen nicht vermarkten?

Sie heißt Marlene und spielt Geige. Sie war eleganter gekleidet als vorgestern, in der schlichten Strenge des Jil Sander-Stils. Als sie ihren Salat bestellte, fiel mir ihr norddeutscher Akzent auf. Sie gab sich als Bremerin und Fan von Otto Rehhagel zu erkennen, der sei in Bremen regelmäßig ins Konzert und ins Theater gegangen.

«Leider nach meiner Zeit in Bremen.»

Ich fragte, ob ihre Eltern Ende der fünfziger Jahre an Marlene Dietrich gedacht hätten. Und kam mir klug vor, das Kompliment über ihr Alter geschickt versteckt zu haben.

«Nein», sagte sie, «sie tauften mich nach einer Tante, die in den Bomben von Hamburg umgekommen ist. Im übrigen bin ich nicht Ende der fünfziger Jahre geboren, eher am Anfang ...»

«Ich hielt Sie für neununddreißig, ungefähr.»

«Sie müssen nicht lügen, wenn Sie mit mir am Tisch sitzen.»

«Ich lüge nicht, ich ...»

Schon begehrte ich sie. Mit ihren Fältchen um die Augen, mit ihrer wachen, zurückhaltenden Art. Mit dem braunen, halblangen Haar, das mir heute einen Ton rötlicher gefärbt schien. In den Wechseljahren, im Blusenalter, wie Margret sagte, und trotzdem etwas Festes, Heiteres in ihrem Gesicht, das mich anzog.

«Spielen Sie auch ein Instrument?»

Die dümmste Frage, die ein Musiker stellen kann.

«Naja, ein bißchen Geige. Zehn, fünfzehn Jahre hab ich nicht gespielt, über das Schulorchesterniveau bin ich nie hinausgekommen, aber seit der Trennung von Frank übe ich wieder.»

Sie schaute auf ihren Salat, ein Putenstreifen rutschte ihr von der Gabel.

«Wie lang ist das jetzt her?»

«Anderthalb Jahre.»

In anderthalb Tagen hast du sie, dachte ich im ersten Moment. Aber als wir das *Dionysos* verließen: Vorsicht, nicht so stürmisch, Herr Skorpion!

Nah am Nollendorfplatz in einem Café, ich fing gerade an, einen Artikel über den Eiertanz um das Holocaust-Mahnmal zu lesen (nein, den hab ich nur überflogen, da haben Sie wieder ein Beispiel für meine Lügenhaftigkeit: ich las den Sportteil).

Der Kellner, den ich vorher kaum beachtet hatte, schob mir den Milchkaffee hin und sagte mit betonter Freundlichkeit sein «Bittesehr!», so daß ich aufsah, ihm ins Gesicht schaute und errötete oder erbleichte (ich übertreibe), jedenfalls erschrak ich: Es war der Kellner aus dem *Ambassador*, dem ich den ganzen Schlamassel zu verdanken habe.

In Israel sind die Kellner älter, dort fiel er auf, weil er jünger war als ich. Hier fiel er auf, weil er über vierzig war – in Berlin sind es fast nur junge Menschen, die bedienen. Ja, das war er: braune, tief zurückliegende Augen, schmale Nase, schmales Kinn, nach hinten gekämmtes, gescheiteltes Haar. Ein Schönling. Er verhielt sich unauffällig, ging seinem Job nach zwischen Theke und Tischen. Das «Bittesehr!» war mit Akzent gewürzt, südlich, türkisch, orientalisch.

Hundertmal ist mir die Szene aus der Hotelbar von Tel Aviv durch den Kopf gezogen, ein dutzendmal durch die Träume. Die Ähnlichkeit zwischen den beiden Männern wird niemand bestreiten, aber wer außer mir kennt die beiden? Vielleicht ein Doppelgänger, das gibt es, vielleicht auch nicht, vielleicht verfolgt der mich, vielleicht soll er mich verfolgen und überwachen, im Auftrag des Mossad? Quatsch, so wichtig bin ich nicht. Oder einer vom Verfassungsschutz?

Das schon eher, diese Schande will sich unsere saubere Bundesrepublik nicht noch einmal leisten, Negativschlagzeilen rund um den Globus, wieder die alte Karikatur vom Naziland, was für ein Schaden für die Exportwirtschaft! Aber deshalb stellen sie doch keinen Kellner in ein Café am Nollendorfplatz, wo ich zufällig auftauche. Unsinn, alles Unsinn.

Fast hatte ich mich beruhigt, da schickte mir der Kerl einen schiefen, schmierigen Blick zu, der im Film die eindeutige Botschaft gehabt hätte: Gleich bist du dran, Junge, du kennst nur die Falle noch nicht, in der du steckst.

Ein Fünfmarkstück auf den Tisch, ich floh hinaus auf die Straße. Den Milchkaffee hatte ich nicht angerührt.

Ich schreib das auf, Herr Richter, damit Sie sehen, wie verrückt ich schon bin. Passen Sie auf, daß Sie mich nicht noch verrückter machen!

(Sie müssen wissen, seit Tel Aviv hab ich es lange nicht gewagt, ein Café oder eine Bar zu betreten. Nach dem Showdown im *Ambassador* konnte ich keine Kellner mehr sehen, nirgends. Ich weiß nicht, ob ich mehr vor Kellnern Angst hatte oder vor mir, vor einem Rückfall. Ein Wiederholungstäter, das wäre das Letzte.)

Schnell zur U-Bahn, ein Blick zurück, ich landete auf dem Bahnsteig der Linie U 2, ein Zug fuhr ein. Schnell weg, lieber den Kaffee am Prenzlauer Berg oder in der Mohrenstraße trinken. Als ich fuhr, kippten die Gedanken wieder um: Du spinnst, mach dich nicht lächerlich mit deinem Kellner, die Flucht war falsch, stell dich dem Gegner, fahr zurück. Alles war falsch, kurz entschlossen stieg ich am Potsdamer Platz aus und folgte drei Touristen auf dem Weg zur Info Box.

Als Fußgänger war ich seit der Zertrümmerung der Mauer nicht mehr an dieser Stelle gewesen. Nadelöhr, Labyrinth, Trümmerlandschaft, Baustelle, Stauplatz, Rennstrecke, Aussichtspunkt, Touristenmagnet. Der mauerlose Herzpunkt der Mauerstadt. Schräg mittendrin und elegant der Container auf ein Stahlgerüst gestreckt. Ein frecher roter Klotz zwischen all dem wüsten und geplanten Durcheinander. Mitten im Lärm ein Dreiklang aus Rot und Glas und Stahl. Vor dem Eingang parkte ein grüner Bus, Stadtrundfahrt. Es gefällt mir allmählich, Tourist in der eigenen Stadt zu sein.

Die Investoren, Firmen, Architekten, wie sie sich selber feiern mit ihren Modellen, Erklärungen und besten Absichten, das interessierte mich wenig. Alle strengen sich an, das Glänzende, das Gigantische als das einzig Mögliche darzustellen. «Kultureller Verantwortung» und «urbaner Würde» seien sie verpflichtet, die am Potsdamer und Leipziger Platz bauen. Wer will das glauben. Inflation der Zauberwörter: interaktiv, innovativ, informativ, flexibel.

In einem Glaskasten, einer *Sound Box*, durfte man per Knopfdruck Geräusche von gestern, heute und morgen abrufen, Bahnhof, Autoverkehr, Park. Für das Jahr 2035 werden schauderhafte Piepstöne und Roboterstimmen versprochen. Einfallslos bis zum Weglaufen. Ein Kurzfilm über den Kaisersaal, natürlich mit Kaiserwalzer, man hat Kultur bei Sony. Immerhin Strauß, das einzige anständige Stück Musik zwischen dem ganzen digitalen Gefiepe. Ich war in einem Optimistenbunker gelandet. In jeder Etage ein neues Multi-Media-Theater, jedes mit der gleichen Botschaft: Die Vergangenheit war schlecht oder schwierig und mit Geschichte belastet, die Zukunft wird gut und schön und schick.

Die Zukunft war langweilig, eine Sache der Logistik. Ich wandte mich ab von den Entwürfen, Datenbanken und Computersimulationen und schaute immer öfter nach draußen. Auf Kräne und Verschalungen, auf Baugruben und Rohbauten, feuchten

Beton, festen Beton, auf die geduldigen Bäume des Tiergartens, Holzzäune, blaue Rohre, aus denen Grundwasser in rostige Stahlwannen mündet, auf das Gewirr der Abstützungen, Wände und Schächte der Tunnelbauten, Container in Legoland-Farben, Baufahrzeuge, Betonmischer, Autos auf provisorischen Stahlbrücken und die paar Menschlein dazwischen.

Auf einmal fühlte ich mich glücklich da oben, auf dem Dach der Info Box thronend über der Geschichte. Reste der knallig bemalten Mauer auf der einen Seite, davor ein Stadtführer mit japanischen Touristen, schäbige Bratwurstbuden, Stilleben mit Schrott auf zertrampelten Rasenflächen, auf einem grauen Hinterhof vor dem Preußischen Landtag eine Mexico Bar. Auf der anderen Seite Brachland mit Grundmauern der letzten Bunker-Behausungen der Nazigrößen, dicht daneben die kurz vor 1989 erbauten Wohnblocks für DDR-treue Leute, weiter links der Reichstag mit dem Gerüst des Straußeneis auf dem Dach und das weltbekannte Tor im Profil. Forum Germanicum, wenn ich noch wüßte, wo ich dies Wort aufgeschnappt habe.

Nun wird das nächste, das gläserne Jahrhundert hochgezogen. Noch ist alles unfertig, roh und im Werden, Hochbau und Tiefbau im Wettstreit. Bald ist die Welt perfekt: interaktiv, informativ, innovativ.

Nie wieder, dachte ich, wird es hier so schön sein wie jetzt, wie heute, in diesen Minuten, so unfertig, vielfältig, wild, wund, lebendig, knospend und sprießend wie ein Frühling.

Jetzt die Posaune! Oben auf der Dachterrasse das Instrument auspacken und ein paar Fanfarenstöße beisteuern. Jericho spielen mitten in Berlin. Bruckners Vierte, der dritte Satz, das hätte gepaßt, die romantischen Gipfelsprünge.

Frei war der Blick durch das Sony Center hinüber zur Philharmonie. Dahinter, in der Gemäldegalerie, mußte Marlene O. sitzen in ihrem Zimmer mit den Hängeplänen. Ich überlegte, sie anzurufen, und entschied mich für Disziplin, warten bis morgen. Sie gehört nicht zu denen, die überrumpelt werden wollen. Glücklich, ein Ziel zu haben, gefärbt oder nicht.

In der Info Box eine Lunch Box, aber der Kaffee war dünn. *Bau-Herren-Schoko-Becher, Grundwasserfruchtbecher, Der heiße Grundstein* oder *Baggerladung* waren die Namen für die Eisbecher und Drinks, die hier angepriesen wurden. Eine Cola mit einer Kugel Vanilleeis hätte ich für 6,50 DM als *Ein Schluck Pfütze vom Potsdamer Platz* trinken können. Sogar der Berliner Humor wird hier simuliert.

Im Hausflur sperrte ein Monteur den Fahrstuhl. «Es gibt keinen Hauswart mehr im Haus, wer soll den Notruf hören, wenn der Fahrstuhl mal steckenbleibt? Also muß er stillgelegt werden, das ist Vorschrift, TÜV.» Das Haus ist seit 1990 dreimal verkauft worden, zweimal hat die Hausverwaltung gewechselt und vor einem halben Jahr wurde der Hauswart gekündigt. Die Arbeit übernimmt ein Ehepaar, das in einer anderen Ecke Charlottenburgs wohnt, seitdem wird schlechter geheizt, zu spät gestreut, und nun noch der Fahrstuhl abgestellt.

Wann ich von Sozialhilfe leben muß, kann ich ausrechnen. Werde die Wohnung nicht halten können. Ade, mein Lietzensee. Schon mal den Fahrstuhl abgewöhnen.

James Levine kriegt in München ein Grundgehalt von 500 000 DM, dazu für jedes der 24 Konzerte 60 000 DM, jeden Abend netto. Zusammen fast zwei Millionen im Jahr, und München ist für den Maestro der Met nur der Zweitjob. Vielleicht verdient Levine pro Takt, den er dirigiert, mehr als ich mit der Sozialhilfe im Monat. Ich werde es lieber nicht ausrechnen. Bloß nicht verrückt werden, kleiner Sautrompeter!

Erst vor dem Einschlafen begann ich zu begreifen, weshalb mir am Potsdamer Platz so leicht und heiter war. Die Stunde in der Info Box hatte ich nicht an mein Verbrechen gedacht, nicht einen Augenblick an Sie, Herr Richter. Alles vergessen, zum ersten Mal nach vielen Monaten!

Ich gestehe: Auch als meine Blicke über das umzäunte Gelände unterhalb des Brandenburger Tors schweiften, wo das Denkmal für die ermordeten Juden Europas errichtet werden soll, habe ich nicht an meinen Fall gedacht, in keiner Sekunde.

Zweite Verabredung mit Marlene. Nach einigem Geplauder fragte sie:

«Warum haben Sie sich eigentlich nie entschuldigt?»

Das klang nach einem Angriff.

«Ich habe Ihre Geschichte damals in der Zeitung gelesen, und es hat mich immer gewundert, daß Sie sich nie richtig entschuldigt haben.»

«Ich habe ...»

«Ich meine bei den Israelis, bei der Oper, bei den Deutschen.»

«Ich hab immer wieder gesagt, daß ich dumm war und getrunken hatte und ... daß es ein schlechter Witz war.»

«Das sind Ausreden, keine Entschuldigungen.»

Allmählich verstand ich, daß es mit der Eroberung nicht einfach werden würde.

«Wissen Sie, ich war so fertig, alle prügelten auf mich ein, das wuchs sich ja sofort zu einer Staatsaffäre aus, und ich war schuld, ich wußte ja gar nicht mehr, wo mir der Kopf stand ... ich war ja selber das Opfer.»

«Trotzdem», sagte sie.

Posaune und Geige, paßt das zusammen? dachte ich und versuchte es noch einmal.

«Ich habe ja nur den Kellner, den Barkeeper beobachtet, was er falsch gemacht hat, der hat schlampig gearbeitet, der hat nicht kontrolliert, ob die Gäste richtig unterschrieben haben ...»

«Das meine ich», sagte sie streng, «Sie eiern mit

albernen Erklärungen herum, aber das sind doch keine Entschuldigungen.»

Das Gespräch stockte. Draußen helles Winterwetter.

Sie mußte bald gehen, aber sie ließ sich begleiten. Wir liefen über die Kanalbrücke, an der Nationalgalerie vorbei. Eine dünne Schneedecke, die Fußgängerwege perfekt gestreut, wir hatten keine Gelegenheit auszurutschen.

Ich lenkte das Gespräch auf ihre Arbeit und wagte es erst kurz vor dem Museum, ihre Hand zu fassen. Sie zog die Handschuhe nicht ab.

«Ich möchte Sie wiedersehen!»

«Sie finden mich im Telefonbuch», sagte sie und eilte, ohne sich umzudrehen, zum Personaleingang.

Weithin gestrecktes Abendrot am Nachmittag, wie von Sibelius komponiert. Schon fühlte ich mich besser, «Alles wird gut». So einfach bin ich gestrickt, Herr Richter.

Marlenes Frage ließ mich nicht los. Ich blätterte die Mappe durch, die Zeitungsausschnitte, alle meine Sünden, nach Datum geordnet. Sie hatte recht, es gab keine Entschuldigung. Und ich hab es nicht bemerkt. Mir eingebildet, alles hundertmal erklärt und entschuldigt zu haben.

Dann las ich, Albinoni in den Lautsprechern,

diese Notizen für meine Verteidigung, zum ersten Mal alle Blätter hintereinander.

Und wußte endlich die Antwort. Da war es 23 Uhr 15, zu spät, sie anzurufen.

Zwischen den Zeitungsausschnitten und Briefen, viele anonym, das seltsame Schreiben von A. wiedergefunden. Kaum Kontakt in den fast zehn Jahren nach der Scheidung, und plötzlich, auf dem Höhepunkt meiner Berühmtheit, anderthalb Seiten, computergetippt. Nach rund zwanzig Jahren erinnert sie mich an einen Konflikt, der in meinen Augen keiner gewesen ist. Eric war drei, als A. schwanger wurde, ungeplant. Sie fürchtete um ihre Karriere als Augenärztin, ich um meine knappe Freizeit (mußte um die Solistenstelle kämpfen), sie stimmte deutlicher als ich für die Abtreibung. Nun, nach zwanzig Jahren, wirft sie mir vor, ich hätte das menschliche Wesen in ihrem Bauch abgelehnt, ich hätte erkennen müssen, daß sie das Kind tief im Herzen doch gewollt habe. (Ich bin sicher: Wenn sie ja gesagt hätte, hätte ich nicht nein gesagt. Aber wenn ich ja gesagt hätte und ihre Karriere nicht wie gewünscht gelaufen wäre, dann hätte ich es auch falsch gemacht.) Sie psychologisiert das nun in die finstersten Keller herunter: Ich hätte im Grunde sie abgelehnt, A. als Person und als Frau, das sei der Anlaß für Entfremdung und Scheidung, und sie habe sich nicht mit mir aussöhnen können, weil ich der Mörder ihres Kindes sei. Meine Brutalität habe sie schon immer gespürt, ich sei nur sehr geschickt, sie zu verbergen, und der Vorfall von Tel Aviv habe sie im Grunde nicht überrascht.

Nun also doch, ein Mörder. Wann verjährt Mord? Werde Eric fragen, den Juristen, der im Oktober 24 wird.

Beim Üben kann ich den Lietzensee glitzern sehen. (Nur im Sommer nicht, da versperren die Blätter die Sicht.) Wenn ich gut bei Laune und mit den Übungen und dem Repertoire durch bin, lese ich die Töne auf dem Wasser wie Noten, die ich zu spielen versuche. Fast vier Monate sind die Bäume schon kahl. Nie ist der Frühling weiter weg als im Februar.

Marlene hat keinen Anrufbeantworter, immer wieder laß ich es klingeln bis zum Ende.

Lang genug hab ich mich vor einem heiklen Punkt gedrückt, Herr Richter. Kein Blechbläser spricht gern darüber. Das Alter, die Bläserkrise, die Degradierung. Der Soloposaunist muß seinen Posten und, wenn es hart kommt, seine Solozulage von 800 Mark aufgeben und kriegt das Gnadenbrot als 2. Posaunist. Zwischen 50 und 60 trifft es jeden, da läßt die Lippenmuskulatur nach, da sind die Einsätze nicht mehr sauber, da schaffen Sie die Feinheiten der schnellen Soli nicht mehr. Sie kieksen. Sie kieksen zu oft. Das Schlimmste ist: Sie wollen nicht wahrhaben, daß Sie nicht mehr so gut sind wie früher. Sie kriegen die Töne vielleicht noch irgendwie hin, aber Sie spielen keine Musik mehr.

Die Kollegen neben Ihnen merken es zuerst, dann die andern von der Fraktion Blech, und wenn man nicht freiwillig die Rolle des Stimmführers abgibt, dann kommt irgendwann der Tag, an dem Sie im Büro des GMD sitzen: «Meinen Sie nicht, daß Sie allmählich ...»

Bei uns ist man großzügig, da wird keinem die Solozulage gekappt, da sind wir am Ende alle Solisten. Aber seit neuestem heißt es überall in der Oper: sparen, sparen, sparen. Und da wollte man ausgerechnet bei mir anfangen!

Ja, es ist wahr, Herr Richter, ein solches Gespräch hat stattgefunden.

Ja, etwa sechs Wochen vor dem Gastspiel in Israel.

Ja, es ist richtig, daß über meinen Abstieg gesprochen wurde, zum Ende der nächsten Saison. Wie im Hause üblich, konnte ich die Fortzahlung der Solozulage durchsetzen.

Für die Kollegen, die an meiner Tat herumrätseln, liegt hier das einzig überzeugende Motiv. Nein, den Gefallen tu ich ihnen nicht – und auch Ihnen nicht, Herr Richter. Ich sag das nur, damit Sie wissen, mit wem Sie es zu tun haben. Mit einem Stimmführer a. D.

Im Traum legte mir der Inspizient die falschen Noten aufs Pult, ich blamierte mich und spielte weiter vom

Blatt, sogar die Sänger schimpften von oben auf mich herab, sangen ihre Verdammungsarien gegen mich, das Publikum war begeistert. Mein Gesicht glühte, ich deutete auf den Inspizienten, aber der blieb ganz ruhig auf seinem plüschbezogenen Hocker zwischen den Kulissen. Endlich sah ich, fast erleichtert, daß es der Barmann aus dem *Ambassador* war.

Den langen frühen Morgen wach mit den Fragen: Was hat *er* damals getan? Mit welchen Gesten, welchen Blicken hat er mich provoziert? Hat er mich geärgert? Hat er mich schon vor dem ersten Bier verurteilt als Nazi, als Deutschen? Und warum hab ich ausgerechnet ihn treffen wollen, erschrecken oder foppen wollen mit dem Namen des größten Mörders aller Zeiten?

Werde wieder zum Nollendorfplatz in das Café gehen müssen, das Gesicht studieren.

Mein Fehler, den Barmann, der mir den Zettel zum Unterschreiben hinlegte, nicht erschossen zu haben. Erschlagen. Erdrosselt mit seiner Serviette. Seiner Krawatte.

Hätte ich ihn ermordet, wär es wenigstens eine anständige Sensation, ein spektakulärer Prozeß – und ich berühmt. So bin ich ein trauriger Fall. Zehn Jahre Knast besser als zwanzig Jahre Sozialhilfe?

Warum hab ich versagt als Mörder?

Bin ich wirklich nicht mit verbrecherischen Neigungen begabt? Und deshalb ein mittelmäßiger Musiker?

Solche blöden, kreiselnden Fragen ... bis zum Fiepen des Weckers um acht.

Gegen Abend, beim siebten oder achten Versuch, Marlene O. am Telefon. Sie hörte die gleiche Sendung mit Barock-Musik wie ich.

Ich sagte, ich hätte mein Radio gerade leise gedreht, ob ich bei ihr weiterhören dürfe.

«Jetzt kann ich Ihnen sagen, weshalb ich mich nicht entschuldigt habe.»

«Ich höre.»

«Weil ich für ein paar Sekunden die Wahrheit gesagt habe.»

«Das müssen Sie mir erklären.»

«Wenn Sie mit mir essen gehen.»

Sie zögerte. Jetzt war ihr Zimmer beherrscht von der schmeichelnden, schnurrenden und doch betulichen Stimme des Herrn Murrbach, der wieder einmal das Ende seines Satzes, seiner viel zu langen Rede nicht fand. Marlene ließ ihn laut weitersprechen, ein geschwätziger Talkmaster der alten Musik, der am liebsten Nonnengesänge in die Ohren der Hauptstadtbewohner träufelt. Seine Radiostimme, heißt es, betört die Frauen, und ich wurde fast eifersüchtig auf den Herrn, der mit seiner Stimme Marlenes Gemach besetzte. Ich kam mir beinah unanständig vor, ein heimlicher Zuhörer intimer Einflüsterungen, obwohl er nur von verschiedenen Cembali sprach.

Gibt es ein Wort, das dem Voyeur entspricht,

und das die heimliche Lauschlust, die Mithörlust bezeichnet?

«Na gut, übermorgen, nein, nächste Woche», sagte sie und schlug ein indisches Restaurant vor.

Ich werde sie Marlene Übermorgen nennen.

Auf allen Kanälen wird der Golfkrieg 2 vorbereitet. Der «Spiegel» listet auf, was deutsche Firmen geliefert haben, damit Saddam Hussein zurückschlagen kann mit Atombomben, Raketen und chemischen Waffen. Mehr oder weniger geduldet und gefördert von Bonner Ministerien, selten verfolgt von deutschen Staatsanwälten, so gut wie nie verurteilt von deutschen Gerichten. Was haben Sie für ein Glück, Herr Richter, daß Sie nur ein kleiner Arbeitsrichter sind!

Freie Schußbahn nach Israel, und wir dürfen sagen, wir sind dabei gewesen. Liest das jemand außer mir? Regt sich noch jemand auf?

Erst jetzt, da alles aus den Fugen kracht und ich aus dem Graben gefeuert bin, fange ich an, mich für Politik zu interessieren.

Und was tat ich? Ich beschwerte mich wieder mal über den Musikdreck aus den Lautsprechern, wieder mal umsonst. Fühlte mich trotzdem nicht als Sieger, als sie ein paar Dezibel heruntergingen.

Orchester, Herr Richter, das ist ein Widerspruch in sich. Rund hundert Musiker, und jeder hat seine eigene Auffassung von Musik. Die Hälfte der Leute, fast alle Streicher waren einmal auf eine Solokarriere erpicht und müssen sich nun einreden, als Tuttischwein glücklich zu sein. Noch schlimmer: Jeder muß seine eigene Musikauffassung wegschmeißen und sich der des Dirigenten unterwerfen.

Musikauffassung, sagte mein Professor, ist nichts anderes als dein eigener Pulsschlag, der Takt deines Herzens. Können Sie sich vorstellen, wie anstrengend es ist, gegen den eigenen Pulsschlag zu spielen? Wie aggressiv man wird, wenn man den eigenen Pulsschlag nicht ausleben darf im Orchester?

So viele Leute, ein Drittel Frauen, zwei Drittel Männer, die zusammen etwas herstellen, live! Hocken eng zusammen, müssen gleich denken und atmen und gleich gut spielen. Eine Zwangsgemeinschaft von Perfektionisten, jeder kennt den Leistungspegel des andern. Immer spielt einer zu hoch oder zu tief oder zu spät oder zu früh. Und wenn sich der Dirigent verpinselt, findet er immer einen Schuldigen.

Wenn der Dirigent will, kann er jeden fertigmachen.

Jeden Tag, bei den Proben und am Abend, Spannung, Antipathien, Psychoterror, Affären, Tratsch, Schikanen. Alle sind so gut wie unkündbar, bis zur Rente im Graben. «Was Ewigkeit ist, wissen Orchestermusiker am besten», sagte Meschenbach. Einige mit Gehörschäden, andere mit chronischen Muskelverspannungen oder mit Muskelzittern, Lippenkrämpfen, fast jeder hat so seine Schlagseite. Romantisch ist das alles nicht, Herr Richter.

Viele saufen, ich zog Liebesaffären vor. Der Vorteil der vorletzten Reihe. Viele Monate ruhten meine Blicke, während ich die Takte zählte, auf der blonden Bratschistin schräg vor mir, ehe wir entdeckten, daß wir den gleichen Pulsschlag hatten.

Im Orchester spielen Sie keine Musik, Herr Richter, das ist ein Mißverständnis. Sie spielen Noten und zählen die Takte.

Unsere Arbeit, ganz im Ernst, heißt Dienst.

Was ist das Gegenteil von Dienst? Schnaps. Flucht.

Der Fagottist O. zum Beispiel hatte, bevor er Marlene verließ, mindestens drei Affären.

«L'elisir d'amore», mein letzter Einsatz für die Oper, an jenem heißen Sommerabend in Tel Aviv. Seitdem hab ich einen Bogen um alle Opern gemacht und keine Opern-CD aufgelegt. Jetzt ein erstes Experiment mit dem «Liebestrank»: wie ein Konsument hören. Nicht aufs Blech achten (was nicht gelingt), das Orchester mehr oder weniger vergessen, den Taktstock und den Kerl dahinter verdrängen. Ich werde es trainieren, aber ich fürchte, ich habe ein handwerklich deformiertes Gehör und kann mich nicht mehr dem Schmelz und dem Schmalz der Cavatinen, Romanzen und Duette überlassen.

Nur wenn Nemorino Adina ansingt *Ah! Te sola io*

vedo, io sento, giorno e notte, in ogni ogetto, regt sich etwas in der Herzgegend. Weil ich das C. ins Ohr geflüstert habe, am ersten Abend in Tel Aviv, am Strand. Mit Allegro-Ironie, die ein Musiker in Gefühlsdingen so braucht.

Könnte ich Marlene so ansingen wie die Bratschistin? Wie vielen Frauen im Leben kann man das flüstern? Man? Ich. Wieviel Liebe kannst du von einer zur anderen Frau tragen?

Trotz der Höhenflüge der Tenöre in *Una furtiva lagrima*, was sagt mir die Oper? So viel Naivität über die Liebe, läßt sich da noch was lernen über die Liebe?

Frag nicht wie ein Kultursenator!

Im Krieg und in der Liebe zermürbt man durch Belagerung singt der Idiot von Weiberheld und Soldat – und hat doch recht.

Jede Oper ein Comic, das ist nun auch schon eine Binsenweisheit, mit der ich Silberhochzeit feiern könnte. Die Sprechblasen werden gesungen. Ein Comic um Liebe und Macht. Der Liebestrank, der *gran liquore* wirkt nicht, aber der Glaube daran – und ein reicher Onkel, der rechtzeitig stirbt. Ein Comic um eine Flasche Bordeaux.

Das gefällt mir am besten: Eine Parodie auf «Tristan und Isolde», bevor das Original geschrieben wurde. Fast 30 Jahre vorher.

Vorsicht, Allgemeinplätze! Nicht so tief sinken und sich als Opern-Kenner aufspielen! Als Feuilletonist, als tapsig nach Worten suchender, allwissender Musikkritiker. Kluge Leute, die über die Oper schreiben, gibt es genug. Mehr Opernkenner hierzulande als Opern. Über «Tristan und Isolde» kann jeder Hansel was hinsudeln, nach jeder Liebschaft mit neuem Akzent.

Mit C., meiner Bratschistin, war das etwas anderes. Die Oper aus feministischer Sicht, das waren vergnügliche Debatten: Warum werden immer die liebenden Frauen geopfert? Jetzt hätte ich Zeit für solche Gespräche.

Ja, ich halte mich auf bei Opernweisheiten, weil ich über C. nicht schreiben will. Ja, ich weiche aus. Ich weiche vor C. aus. Ich weigere mich, einen Zusammenhang zu sehen zwischen unserm Krach in Tel Aviv und meiner Tat.

Gut, ich versuch es.

Herr Richter, ich schreibe schon lange nicht mehr für Sie, für das Gericht. Ich mach diese Notizen nur noch für mich, damit ich ein bißchen Ordnung in den Kopf kriege.

In Tel Aviv haben wir zum letzten Mal zusammen gespielt, gegessen, geredet, getrunken, geschlafen. Hotel *Ambassador*. Der Tatort. Vielleicht wäre alles nicht passiert, wenn wir uns nicht gestritten hätten. Nein, ich schiebe nichts auf C., nichts. Ich bin schuld. Ich habe alles falsch gemacht.

Sie war, nein, sie ist eine der auffälligen Frauen unter den Streicherinnen und eine der Schönheiten im Orchester, eine Mischung aus Model und Rebellin, und wenn den Dirigenten mal eine Frau widersprach, dann war sie es. (Aber sie sagte auch: «Dirigenten sind einsam.») Sie spielt ziemlich perfekt und ist trotzdem unzufrieden mit sich. Jeden Tag brauchte sie die Bestätigung von mir, wie gut sie war. Und nicht nur von mir. Sie ist gut, ich mußte nicht lügen beim Trösten. Sie hoffte auf den Platz der ersten Bratsche, aber der Kollege, nicht besser als sie, sitzt dort fest und hat noch zehn Jahre bis zur Altersgrenze zu fiedeln. Immer wieder opponierte sie gegen die hierarchisch-männlichen Strukturen in der Musikwelt. Sie hat eine Tochter, die beim Vater lebt, und der Rest eines schlechten Gewissens machte sie unruhig und unberechenbar.

Ein ansteckende Sorglosigkeit trieb sie voran. Immer auf dem Sprung, bewarb sie sich bei den Philharmonikern in Berlin, in Wien, in München, vergeblich. Aber sie gibt nicht auf, eines dieser Orchester ist ihr Lebensziel. Mit 40 werden Streicher kaum mehr engagiert, und eine Frau muß mindestens 25 Prozent besser sein als die Herren. Sie wird es schaffen, da bin ich sicher. Sie litt darunter, daß viele Kollegen sich auf den ersten Blick in sie verliebten oder sie mit Flirts belästigten und, wie sie meinte, mehr auf ihr Aussehen als auf ihr Spiel achteten. Wie sie sich bewegte, wie sie spielte, wie sie sprach oder schwieg, in allem schwang ein Überschuß an Erotik mit. (Ich schwanke zwischen Präsens und Vergangenheitsform, mir ist nicht wohl dabei, beide Formen stimmen nicht.)

Ich geb zu, ich war stolz darauf, daß sie gerade mir ihre Liebe schenkte. Wir wußten beide, lang wird das nicht gutgehen, eine so musikalische Liebe. Herr Richter, damit meine ich nicht, daß wir beide Partituren lesen können oder zusammen in einem Orchester spielen. Nein, es gab eine Musikalität der Sinne, Schwingungen, Akkorde zwischen den Körpern und Seelen ... mehr sag ich nicht.

Da ich mich neben ihr wie ein Sieger fühlte, wurde ich übermütig, eingebildet, dumm. Mein Größenwahn, wie immer. Sie wehrte sich gegen jeden Besitzanspruch, jeden Druck, und wenn ich sie «meine Bratschistin» nannte, konnte sie wunderbar zornig werden.

Auf der Strandpromenade von Tel Aviv gegen Mitternacht, nach der ersten Vorstellung, nach dem Essen, Hand in Hand, da war noch alles in Ordnung. Im bunten Gewühl der Passanten, der vielen lebhaften jungen Leute, der lauten Familien, zwischen Strandmusikanten und Andenkenhändlern, Kneipenmusik und Autogehupe schlenderten wir zwei fröhlichen Arier zwischen lauter fröhlichen Juden.

Die Spannung, die Angst vor dem unsichtbaren Feind, die man in Israel in jeder Minute, an jeder Straßenecke spürt, war in der Nacht gewichen, und die Spannung unserer ersten Vorstellung hatte sich gelöst. Ich sang, ich flüsterte C. die Nemorino-Arie *Ah! Te sola io vedo, io sento, giorno e notte, in ogni ogetto*, und C. summte mit, und ich war sicher: Wir halten das Glück noch eine Weile. Wir glaubten an einen speziellen Liebestrank, den der Musik, der Kreativität. Und danach in Zimmer 433 – schöner hätte es nicht sein können.

Zwei Tage später der große Krach, drei Tage später war alles aus.

Trotzdem, Herr Richter, sie war es nicht, die den Anlaß für mein Verbrechen geliefert hat.

Was ich früher nebenbei erledigt habe, wird heute im Kopf großspurig als Aktivität verbucht: einkaufen, Gelddinge ordnen, telefonieren, schreiben. Aus Angst vor der Leere sich Tätigkeiten einbilden. Spaziergänger als Beruf. Muß mich immer öfter an die Tröte zwingen. Widerwillen gegen die Kälte des Mundstücks bei den ersten Tönen. Zu oft allein mit dem Messing. Nicht gewohnt, auf dem absteigenden Ast zu leben.

Ein paar Arbeitslose fangen an zu demonstrieren, zu stören, vor die Kameras zu drängeln. Ich sehe sie immer noch wie Fremde an.

Alles in mir sperrt sich dagegen, in den Obdachlosen, die mir ihre Zeitung verkaufen, Brüder zu erkennen. Aber ich kritisiere sie bereits, beobachte ihr Auftreten, ihre Sprache, ihre Intonation, die Ungeschicklichkeiten beim Anbieten ihres Blattes, entweder sind sie zu aufdringlich oder zu ängstlich. Ich überlege schon, was ich besser machen würde.

Auf den Plakatwänden jede Woche neue Einladungen zum Wanderer-Zyklus, jede Woche irgendwo ein Konzert, ein Theaterstückchen zum Thema Wandern. Was machen die Musikmillionäre um Herrn Abbado für ein Getöse um die längst verflossene Romantik, den unsterblichen Schubert und die wackeren Wanderer-Gesellen! Dirigenten, Solisten, Zuhörer, alles reiche Leute, die so tun, als hätten sie noch irgend etwas gemeinsam mit den rastlosen Wanderern, könnten sich einfühlen, heute!, in das *Fremd bin ich ausgezogen, fremd zieh ich wieder aus.*

Ich darf mich als Wanderer fühlen, ich und die Arbeitslosen, ich und die Obdachlosen, ich, der verstoßene Musiker, der nicht mal ein Abonnement für die Philharmonie hat.

Was such ich, wenn ich durch die Stadt pirsche? Nichts. Ich bringe mich in die Stadt. Ich zeige mich: Ich bin noch da, verkrieche mich nicht schuldbewußt.

Wenigstens die Schritte geben mir das sichere Gefühl: Seht, ich kneife nicht.

«Spazierengehen verlängert das Leben», lese ich dann in der Zeitung. In solchen Momenten möchte ich mein Leben mit einer giftigen Speise verkürzen. Damit wieder alles ausgeglichen ist. Aber im Café gibt es nur wohlschmeckende, supergesunde Sachen, Schlankmacher. Was soll ich dagegen tun, daß mein Leben sich verlängert? Nie wieder spazierengehen? Noch bin ich nicht so weit, daß solche Artikel mich nach Hause scheuchen, ins Bett.

Während ich das tippe, fällt mir ein, irgendwo aufgeschnappt zu haben: Pessimisten sterben früher.

George-Grosz-Platz. Eine Frau, nicht älter als 60, kriegt die Tür der City-Toilette nicht auf und hämmert gegen das blanke Metall.

Marlene rief an. Möchte das Essen drei Tage verschieben, «so viel Arbeit».

Fallen, nichts als Fallen: Wenn ich mich mit Israel oder dem «deutsch-jüdischen Verhältnis» beschäftige, gilt das als Eingeständnis meiner Schuld, als Versuch, etwas abzuarbeiten. «Wiedergutmachen». (Bin kein Nazi, kein Adenauer, kein Politiker.)
Wenn ich es nicht tue, als Gleichgültigkeit, Verachtung oder Indiz für meinen Antisemitismus.
240 Millionen Araber, 5,5 Millionen Israelis. Wer nimmt mir ab, daß ich – aus Prinzip, schon immer und jetzt erst recht – lieber mit der Minderheit sympathisiere?
Sogar im Gespräch mit Ulli wage ich es kaum, die Israelis für ihren subtilen Terror gegen die Palästinenser zu kritisieren. Mit der Verachtung des palästinensischen Terrorismus hab ich keine Probleme.
Das Gefühl, am Pranger zu stehen. Selbst vor Marlene. Warum spielt sie sich als meine Richterin auf?

Deutschland hat am Montag mit der Lieferung von Gasmasken nach Israel begonnen. Zwei Transall-Maschinen der Bundeswehr starteten am Vormittag von Köln-Wahn mit einer ersten Lieferung von insgesamt 5600 ABC-Schutzmasken, wie ein Sprecher der Hardthöhe mitteilte. Weitere Lieferungen sollen in den kommenden Tagen und Wochen folgen. Insgesamt will die Bundeswehr den Angaben zufolge bis zu 180000 Masken an Israel ausleihen. Bonn kommt damit einer Bitte der israelischen Regierung nach.

Warum schreib ich das ab? Siehe oben.

Darin waren wir schon immer gut, sagt Ulli, den einen liefern wir die Minen – und der anderen Partei die Minensuchgeräte.

Ulli hat es leicht. Er durchschaut immer alles. Der letzte Linke, er hat zu allem, was in der Zeitung steht, eine solide Meinung. Er weiß, wo es langgeht, und ist unglücklich mit seiner Partei. Weil da zu viele sind, die wissen, wo es langgeht.

Abends «Salome». Mich diesmal nicht neben, sondern vor die Lautsprecher gesetzt, die Partitur aufgeschlagen und mit der Posaune begleitet. Ohne gestärktes Hemd, ohne Frack kommt kein richtiger musikalischer Ernst auf. Und wenn man die Koordination mit den Kollegen und die klangliche Anpassung nicht hat, wird es sowieso banausenhaft, aber was soll ich tun ohne Orchester, süchtig nach «Salome». Kaum eine andere Oper, die meinem Instrument so viele Möglichkeiten einräumt. Bei Richard Strauss wird die Posaune endlich als gleichberechtigte Einzelstimme anerkannt, wird ihr das Jericho-Pathos genommen, das sie bei Mahler noch hat. Ihr Solo begleitet die Singstimmen manchmal kräftig und zart wie ein Fagott. Vor allem der Bariton Jochanaans, den ich immer wieder führen darf, am liebsten durch die Arie *O über dieses geile Weib, die Tochter Babylons* ...

Ich zähle die Takte, ich schließe die Augen. Ich verrate nicht, an welches geile Weib ich denke. Es ist beinah wie früher. Nur der Beifall fehlt. Und ich muß bis 22 Uhr fertig sein wegen der Nachbarn.

Darf ich überhaupt noch laut sagen, wie sehr ich den Posaunenfreund Strauss schätze? Jeder weiß, daß er ein Nazifreund war, ein paar Monate. Schon schließt sich wieder der Kreis, schließt sich die Schlinge. «Salome» ist von 1905.

Manchmal stell ich mir vor, Ihnen etwas vorzuspielen, Herr Richter. Mit Flatterzunge und allen Schikanen. Schöne Passagen aus der «Frau ohne Schatten», gerade da hat Strauss auf die Flatterzunge viel Wert gelegt. Die Zunge beim Blasen zwischen den Lippen flattern lassen und damit ein schnarrendes oder prasselndes Vibrato erzeugen, das sind so die kleinen Vergnügen eines Blechmenschen, wenn er mal nicht zum Taktezählen verurteilt ist.

Unter Prinzessinnen in rosa Gewändern saß Marlene O., ich hatte drei Elefanten zur Seite, den Blick auf liebliche Stadtansichten hinter zartblauen Gewässern. Nur vier von zehn oder zwölf Tischen besetzt, ich dachte: Warum entführt sie mich in ein kitschiges Morgenland? Immerhin, sie kannte sich in der Speisekarte aus, unterteilt nach Regionen und Gewürzmischungen.

Sie entschied sich für Huhn Vindaloo. Das Fleisch in Essig gekocht, erklärte die Speisekarte, mit Kartoffeln, Ingwer, Cumin und pikanten Nelken. Auf den Ingwer komme es an, sagte Marlene. Ich bestellte Lamm Korma, mit Kokosnuß, Kardamom, Rosinen, Mandeln.

«Warum entführen Sie mich nach Indien?»
«Entführen? Sie haben ja eine flotte Phantasie.»
«Ich weiß, die Tür ist hinter mir, zehn Schritte.»
«Wenn Sie es wissen wollen, ich bin nie nach Indien gekommen. Einmal, nach dem Studium, wollten wir zu viert im VW-Bus los, vier, fünf Monate waren geplant, dann wurde ich vierzehn Tage vor der Abfahrt krank, die andern fanden schnell Ersatz für mich – seitdem ist das so ein Tick von mir, dreimal oder viermal im Jahr indisch essen.»
«Und Sie sind nie nach Indien gereist?»
«Nein.»

Die Gemälde mit übertriebenem Rosa und Blau waren direkt auf die Blumenmuster der alten Tapete gepinselt. Wer war vor den Indern in diesem Lokal? Rund dreißig Jahre in Berlin, ich wußte es nicht.

«Indien war mal groß in Mode.»

«Ja, ich geb es zu, auch ich bin mit der Mode gegangen.»

Wieder dieser spitze Ton. Sie wischte sich verlegen das Haar aus der Stirn und lächelte, als wolle sie ihre Schroffheit zurücknehmen.

Testet sie mich, dachte ich, erwartet sie jetzt, daß ich frage: Fahren Sie mit mir?

«Mich hat es nie nach Indien gezogen.»

«Aber nach Israel.»

Die flinke Frechheit gefiel mir. Sie goß uns Tee ein, der nach Zimt duftete.

Sie hatte das Stichwort gegeben, ich wollte den heiklen Punkt noch vor dem Essen hinter mich bringen.

«Also, Sie wollten eine Antwort. Ich habe in diesem blöden Augenblick in Tel Aviv die Wahrheit gesagt, glaube ich. Vielleicht spinne ich, aber ... steckt nicht in jedem von uns, nicht nur uns Deutschen, der Bruchbruchteil eines Nazis, auch wenn wir noch so demokratisch, noch so prosemitisch, noch so aufgeklärt sind?»

«Sprechen Sie von Kollektivschuld?»

«Keine Ahnung, ich versteh nichts von solchen Begriffen ... ich meine das nicht genetisch, sondern geschichtlich ... Wissen Sie, auf dem Rückflug, als sie mich zur Strafe zurückjagten, saß ich neben einem Menschen, einem Reiseleiter, der sagte: Immer wenn ich in Israel bin, spüre ich den Holocaust im Gepäck, dauernd, überall ... Jeder Atemzug ist politisch ...

Und wenn Sie Deutscher sind, dann wandeln Sie wie Jesus auf einem Pulverfaß ... Nein, nicht wie Jesus, aber über einen Haufen von Pulverfässern ... Wenn Sie von morgens bis abends und nachts im Fernsehen und nachts im Traum auf Versöhnung machen, auf Verständnis und Liebsein getrimmt sind, und jede Bewegung, jeder Schritt, jeder Satz unter dem Diktat des Bitte-recht-freundlich und Wir-reichen-euch-die-Hände steht ... das sagte der Reiseleiter, das fiel mir vor kurzem wieder ein ... Und wir, die Oper, machen es genau so, wir bringen sogar eine «Zauberflöte» mit, damit das Gute wenigstens in der Oper siegt, und dazu noch eine opera buffa, weil wir ja so ernst nicht sein wollen wie wir sind, einen «Liebestrank», damit wir zeigen, wie lieb wir sind, aber vorsichtshalber keinen deutschen, keinen israelischen Liebestrank, sondern einen italienischen ... und alle Botschafter, Bürgermeister, Intendanten, Minister krampfen sich einen ab mit ihren Reden von der sozialen Integrationskraft der Oper, von der humanitären Kraft der Musik ... und wie sind wir nett zueinander mit Shalom hier und Shalom da ... und sind das Gegenteil unserer Väter, die ja auch keine schlechten Musiker waren, und sind nicht wie unsere Mütter, wie die den Führer ankreischenden hysterischen BDM-Mädchen, die auch nicht schlecht gesungen haben damals ... und statt mit Verordnungen und Befehlen und Zyklon-B-Dosen kommen wir mit Geigen und Posaunen ... jetzt vertragen wir uns wieder, mehr als fünfzig Jahre später, jetzt versöhnen wir uns ein bißchen mit Mozart und Donizetti, und machen wieder alles gut, wieviel Verlogenheit ist da mit im Spiel? Verstehen Sie das, Frau O., daß man da plötzlich ausrastet und einmal ...»

«Ja, das versteh ich, aber ...»

«Es ist wie beim Husten im Konzert. Sie spüren den Hustenreiz im Hals, Sie unterdrücken ihn, Sie sind sicher, daß Sie ihn beherrschen, doch gleichzeitig denken Sie an die Peinlichkeit, als Störer aufzufallen. Sie konzentrieren sich, aber der Hustenreiz regt sich neu, und Sie ringen ihn nieder mit einem fast lautlosen Räuspern. Sie schieben Spucke auf die kratzende, bohrende Stelle, Sie hören die Musik schon nicht mehr oder nur wie einen Teppich, den Sie auf keinen Fall beschmutzen dürfen. Sie sind jetzt so weit, daß Sie alle Anstrengung darauf richten, nichts falsch zu machen, und in dem Moment, in dem Sie glauben, gegen den Husten gesiegt zu haben, sind Sie verloren: Sie hören sich husten, obwohl Sie noch gar nicht husten, und dann husten Sie los, einmal, zweimal und nach einer Pause zum dritten Mal. Nach einigen Takten atmen Sie vorsichtig ein, noch voll Angst vor dem nächsten Hustenanfall, und erst nach vielen, vielen Takten gelingt es Ihnen, sich wieder auf die Melodien und Rhythmen einzulassen. Aber es ist Ihnen doch etwas Entscheidendes verdorben, Sie bleiben der Störer, der Täter. So ging es mir, einmal gehustet und dann ...»

«Gegen Husten hilft ein Bonbon ... oder ein Taschentuch», sagte sie trocken.

So viel hatte ich nicht reden wollen, ich redete noch mehr. Was ich hier notiere, ist ja nur das, was im Gedächtnis geblieben ist. (Das stört mich am meisten beim Schreiben: immer denkst du, die Hälfte fehlt.)

Beim Sprechen ließ ich die Augen nicht von Marlenes Gesicht und beobachtete, wie meine Formulierungen ihre Pupillen, ihren Mund, die Neigungen ihres Kopfes, ihres Halses bewegten, und ich versuchte, beim Reden eine Harmonie zwischen meinen Wörtern, Betonungen, Pausen und ihren Regungen herzustellen, eine Anpassung, eine musikalische Begleitung. Ich ließ mich von ihren Reaktionen leiten und war meiner Eroberung sicher: Sie ist mir, weil sie opponiert, gewogen, dies ist ein Vorspiel.

(Deshalb ist das, was ich hier in dürren Worten auf dem Papier wiedergebe, nicht mein Monolog und noch weniger der Dialog, der es in Wirklichkeit war. Hoffe, daß ich eleganter geredet habe als ich jetzt schreibe.) Jedenfalls hab ich nie so ausführlich, so ermuntert, so flüssig von meiner Untat berichtet.

«Sie hätten sich trotzdem entschuldigen können», sagte sie.

Huhn und Lammfleisch wurden serviert, gewärmt von einem Teelicht, die Mischung Korma duftete, Marlene löffelte Reis auf den Teller. Ich mochte beim Essen nicht streiten.

«Ja. Aber jetzt ist es zu spät.»

«Das müssen Sie wissen.»

«Der Barmann im Hotel, müssen Sie wissen, der hat mich ja provoziert in gewisser Weise ...»

«Hören Sie auf mit Ihrem Barmann! Es geht um Sie! Sie sind der Täter!»

Sie rückte von mir ab. Es wirkte wie ein Vorsatz, Nähe und Vertraulichkeit zu vermeiden. Wir aßen schweigend, ich lobte das Essen.

«Auf meinem Feld, bei den Zeichnern der Renaissance, gibt es den schönen Begriff pentimenti, sogenannte Reuezüge, Korrekturen. Das heißt, wenn der Zeichner nicht zufrieden ist oder seine Linienführung verändern will, wenn er Details verbessern muß, dann wirft er nicht die ganze Zeichnung weg, sondern setzt neue, manchmal kräftigere Linien neben die alten oder über die alten. Das meine ich. Sie hätten Ihr Unbehagen ja ausdrücken können, aber den falschen Strich, den Ausrutscher, die grobe Beleidigung zurücknehmen müssen, und damit das Bild verbessern, ergänzen.»

«Als es passierte, hab ich doch gar nicht nachdenken können, es ging alles viel zu schnell. Eh ich den Mund aufmachen konnte, war ich schon der Teufel, das Opfer. Keine Zeit für penti...»

«Pentimenti, Reuezüge.»

Ich hatte genug von meinem Thema, lobte das Lokal und erhoffte mir Chancen von einer Konversation über die Renaissance, warum Zeichnungen, warum gerade diese Epoche?

Das Zeichnen als die zentrale Kunst, Grundlage der Malerei, Skulptur, Architektur. Disegno stehe für Entwurf, Planung, Idee.

Sie wirkte ein wenig gelangweilt. Es machte ihr

keinen Spaß, meine Bildungslücken zu füllen, trotzdem ließ ich nicht locker mit Fragen.

Die Neuentdeckung des Menschen und der Natur dank der hochentwickelten Zeichenkunst. Vor der Kunst komme das Schauen, Staunen, Begreifen, Erfassen.

«Disegno – da ist der Künstler wie ein kleiner Gott.»

«Ich bin ganz froh, ein schlichter Nachspieler zu sein.»

Wir witzelten über den Begriff ‹ausübender Künstler›.

Es war die Stunde der Komplimente. Da sie nicht eitel schien, mußte ich mir große Mühe geben. Das Geschirr wurde abgeräumt. Als ich, nach einem langen Blick, ihre Hand nahm, fragte sie:

«Können Sie noch trennen zwischen den Menschen und ihren Rollen? Oder gibt es für Sie nur noch Rollen, nur Masken?»

«Sie meinen, daß ich ... eine Rolle spiele?»

«Ob ausübender Künstler oder nicht, Sie marschieren hier los wie Belcore auf Adina ...»

«Ich bin kein Soldat, Sie sind kein Bauernmädchen ... und die Opern finden ohne mich statt.»

«Aber Sie denken schon den ganzen Abend, Sie könnten hier ganz leicht eine schöne Witwe abschleppen, oder?»

«Ich ...»

«Ja, Sie ...»

«Das Wort abschleppen gefällt mir nicht. Und Witwe auch nicht.»

«Aber sonst gefällt Ihnen mein Satz?»

«Sie gefallen mir. Immer besser, in jeder Minute.»

«Eine Frage noch, das Husten im Konzert. Sind Sie da selber draufgekommen?»

«Wer sonst.»

«Der Vergleich ist schief, aber Sie haben ihn schön beschrieben.»

Wir zahlten getrennt und gingen zusammen. Sie war mit dem Auto da und bestand darauf, allein zu fahren. Mir gelang nicht mal ein Kuß auf ihre Wange.

«Sie haben mir zu viel Selbstmitleid. Hören Sie auf, sich als Opfer zu betrachten!»

Aber ich bin doch das Opfer, das jüngste Opfer dieser Scheiß-Nazis, dachte ich. Erst in der U-Bahn fiel mir die Antwort ein: Den andern, die mich als Täter sehen, geht es doch prima mit ihrer Empörung auf ihren politischen Stammplätzen!

Ich überlegte, was ich falsch gemacht hatte mit Marlene. Hätte ich den dunkelhäutigen Mann mit den Rosen nicht so barsch abweisen sollen? Oder sie überraschen, mit einer Liebeserklärung überrumpeln? Liebe ich sie denn?

Fast den ganzen Tag gebraucht, den kurzen Abend nachzuschreiben. Früher hatte ich geglaubt, für alles, was man fühlt, sieht, denkt, lägen die passenden

Wörter irgendwo griffbereit, man brauche nur zuzulangen. Heute ist mir kein Satz selbstverständlich. Eine banale Erfahrung, gewiß, mir aber erscheint auch das ein Zeichen meiner Krise.

Idiotische Arbeit, das Schreiben. Aber ich weiß zur Zeit keine bessere Beschäftigung. Es ist wie vor dem Spiegel stehen und das Gesicht nachzeichnen. Seitenverkehrt ist die Welt sowieso.

Warum die ganze Mühe? Weil es mir nicht gelungen ist, Marlene zu kriegen (wenn ich mit ihr geschlafen hätte, würde ich heut nicht schreiben). Weil ich mich verteidige. Weil ich alles zugeben will.

Ich wollte die Frau gewinnen – und plötzlich hatte ich eine halbwegs schlüssige Erklärung für alles. Aber was ist diese Erklärung wert ohne die Geschichte mit dem Barmann und ohne die mit C.?

Was meint sie mit Selbstmitleid?

Vor Wochen noch gedacht, mit diesen Notizen meine Verteidigung vorzubereiten. Den Richter überzeugen. Alles aufschreiben, was mir zum Thema einfällt. Den Leuten klarmachen, daß ich kein einfacher Fall bin.

Jetzt ist es eine Art Tagebuch geworden. Jetzt denke ich daran, Marlene zu überzeugen.

Fühlen Sie sich nicht gleich degradiert, Herr Richter. Sie sind noch nicht entlassen. Setzen Sie lieber mal den Verhandlungstermin fest!

Wähle ich die Worte anders, wenn ich sie für

Marlene wähle? Wer ist mir wichtiger, die Frau oder der Richter?

Keine Illusionen über den Richter. Sein Urteil wird mich nicht rehabilitieren. Mein Stuhl im Orchester ist längst wieder besetzt. Eine Abfindung, viel mehr ist nicht drin.

Die türkische Polizei setzt neuerdings in den Streifenwagen Beethoven und Mozart ein – zur Beruhigung der Polizisten vor ihren Einsätzen.

In der Chausseestraße sah ich einen Mann auf allen vieren laufen. In der U-Bahn mehr und mehr Kranke und Verrückte.

Der Landtag von Rheinland-Pfalz versammelte sich zu einer Sondersitzung in der Gedenkstätte des KZ Osthofen, in «warmer Winterkleidung und entsprechendem Schuhwerk». Dazu schrieb Henryk Broder einen Rundfunk-Kommentar. «Gedenken hin – Betroffenheit her – die Lagerbesucher von 1998 sollen es besser haben als die Lagerinsassen von 1933. Mit kalten Füßen läßt es sich prima leiden, aber schlecht trauern. ... Die Abgeordneten werden sich damit begnügen, der Gefahr der Wiederholung symbolisch entgegenzuwirken. Und sie werden nicht einmal merken, daß es immer die Täter sind, die es früher oder später an den Ort ihrer ehemaligen und potentiellen Taten zurücktreibt.»

Aufstand im Landtag, Aufregung im Sender, Briefe, Sitzungen, Beschimpfungen, vielleicht ein Prozeß. Der Staatsanwalt steht bereit.

Soll ich Henryk Broder zum Verteidiger wählen?

Reise in die fremde Vergangenheit, Papa in seinem Altersheim besucht, am Korbacher Stadtrand zwischen Äckern und Friedhof. Früher weigerte er sich strikt, über den Krieg zu reden. Heute, mit 85 Jahren, fängt er bei jedem längeren Telefonat, bei jedem Besuch damit an und wiederholt ständig die eine Geschichte: Wie er in Montenegro einen Brunnen bewachte, weil die Wehrmacht Angst vor Partisanen hatte und der Bevölkerung das Wasser sperrte. Eine durstige alte Frau versuchte immer wieder, mit einer Kanne an den Brunnen zu gelangen, und er mußte es ihr mit dem Gewehr verbieten. Ihr kein Wasser gegeben zu haben, keins geben zu dürfen, das bringt ihn zum Weinen, das macht ihn fertig, heute, nicht das kriegsübliche Töten. Der kranke Greis ist sicher, die Frau nicht erschossen zu haben.

Beware of suspicious objects, das Schild zur Begrüßung im Bus, der uns vom Flughafen abholte. «Jeder Geigenkasten ist verdächtig», sagte C. neben mir, und schon vermuteten wir überall verdächtige Gegenstände. Bei der Stadtrundfahrt wurde uns erklärt, Tel Aviv bedeute «Hügel des Frühlings». Niemand brauche Angst zu haben, sagte die junge Frau am Busmikrofon, nur offene Augen. Angeblich sind mehr Menschen auf Israels Straßen ums Leben gekommen als durch die Kriege und den Terror in fünfzig Jahren. Das sagte sie mit einem gewissen Stolz.

Ich hatte keine Angst, ich merkte aber, daß ich wie ein Polizist zu denken begann oder wie ein Terrorist. Könnte dieser herumliegende Autoreifen, dieser Papierkorb, diese Coladose verdächtig sein oder würde ich dort meine Sprengladung unterbringen? Bei den Spaziergängen in der Dizengoff und in der Yarkon Street, in den Cafés und Restaurants achtete ich fast mehr auf die Gegenstände, den Müll, die Autos als auf die Menschen. Die wilde Mischung aus Orient und USA, Lärm, Beton, Staub, Schnelligkeit, Ruppigkeit, das pralle Leben am Strand und in den Läden, all das gefiel mir. Weil es mit unseren Täter-Opfer-Spielen nichts zu tun hatte. Unseren olympischen Schuld-Spielen.

Eine Stadt, die niemals schläft. Wenn sie schläft, wenn es dunkelt, wirds gefährlich. Deshalb so viel Lärm, Licht, Tanz. Auch ich hab wenig geschlafen. *Beware of suspicious objects.*

Im übrigen hielt ich mich an das alte Tournee-Motto: Kirchen von außen, Kneipen von innen, Kollegen von weitem. Auf Reisen müssen wir meistens mit einem Kollegen ein Doppelzimmer teilen. Diesmal der Luxus: C. und ich hatten je ein Doppelzimmer. Dazu gab es den abnehmenden Mond überm Meer und Tahina, Humus und Tabouleh.

U-Bahn Zoo, der Stationsvorsteher sang mit tiefem Baß wie Sarastro: «Zoo. Logischer Garten.»

C. mochte «Tristan und Isolde» nicht. Trotzdem sprach sie oft darüber: Der Liebestrank verursacht die Liebe nicht, er beseitigt nur die Hemmungen, die ihr vorher im Weg standen, sagte sie ungefähr. Er kann nur das tief verschlossene Gefühl bewußtmachen, kein Gefühl schaffen. Das Elixier zeigt uns, wie nebensächlich die Hemmnisse werden, wenn die Gewalt der Liebe sich zweier Menschen bemächtigt hat.

Stadtbücherei Charlottenburg, ich wälzte Lexika, Stichwort Liebestrank.

Nachtschattengewächs gehört dazu, Safran, Myrrhe und ein wenig Bilsenkraut, so jedenfalls im Orient, dazu das übliche Ritual von Zaubersprüchen, das Pflücken der Kräuter an bestimmten Orten, an bestimmten Tagen, Stunden.

Wer das Elixier trinkt, muß sich verschwenden, auch gegen seinen Willen lieben, den einen Menschen vor allen und ihn allein. Sie werden ein Leben und einen Tod, eine Freude und eine Traurigkeit daraus trinken, heißt es bei Gottfried von Straßburg.

Wie oft habe ich daran geglaubt?

Sie lesen sicher die «FAZ», Herr Richter. Hier eine Nachhilfe, die Sie wahrscheinlich überschlagen haben:

«Eine ganze Welt läßt sich über Melodien beschreiben: der Möglichkeiten, durch sie Stimmungen auszudrücken und zu erzeugen, sind so viele, wie sich Töne zu Klängen fügen. Wer sich von den Wellen einer Symphonie je hat davontragen lassen, kennt das Erwachen nach dem Rausch und den winzigen Augenblick einer Scham. Wie konnte man sich nur so weit von der begrenzenden Realität entfernen, sich selbst und die Welt vergessen. Der strafende Blick der Vernunft wird umso schärfer, je stärker man sich von der Musik hat begeistern lassen.

Musik ist die einzige Kunst, durch die man sein Ego verlieren kann, sagt Schopenhauer. Diese Kraft besitzt sonst nur noch die Liebe. Allein das, was Menschen gefangennehmen kann, vermag sie auch zu befreien. Der, welcher widerwillig zum Ohrenzeugen eines mitreißenden Klavierrhythmus oder getragenen Geigenstrichs geworden ist, macht mit dem unwiderstehlichen Zauber der Musik diese ambivalente Erfahrung. Entführt von den schönsten Harmonien, hat er Mühe zurückzufinden an den Platz, den er vorher eingenommen hatte. Warum gelingt das nur der Musik?

Weil sie die einzige Sprache ist, in der sich nichts Gemeines und Höhnisches sagen läßt. Der Musik kann man nicht böse sein.»

Falls Sie keinen Sinn für Musik haben, Herr Richter, werde ich Sie wegen Befangenheit ablehnen.

Spielte unter Barenboim in der Philharmonie, Verdis «Otello», eine konzertante Aufführung, die Sänger an der Rampe. Viele schwere, schnelle Passagen im ersten und zweiten Akt, Glissandi, das harte Brot des Posaunisten, molto sostenuto und allegro agitato, ich schwitzte. Mit «Otello» hat Verdi bekanntlich die Posaunisten strafen wollen (er hatte die Ventilposaunen seiner Zeit im Ohr), Sechzehntel mit wahnwitzigen Positionswechseln, Zweiunddreißigstel, alles mit Doppelzungenstoß zu spielen. Ich kam nicht nach. Barenboim sah mich an, mir rutschte der Zug ab, mehrmals, Barenboim drohte, sein Taktstock eine Lanze. Dann fiel der Sänger des Otello um, und Barenboim dirigierte mich, stach mich nach vorn mit seinem spitzen Stab, wie eine Marionette hob er mich an die Rampe und befahl mir zu singen. Ich flüsterte, als ich an ihm vorbeistolperte: bin Bariton, kein Tenor. Aber er kannte keine Gnade, und ich dachte: schlimmer kann es nicht kommen, und wartete auf den Einsatz, hörte Lachen im Publikum, hatte die Tröte noch in der Hand, aber es war zu spät, sie abzulegen, die Frackhose rutschte, ich hielt mit der Linken die Posaune, mit der Rechten die Hose und hörte mich singen *Dio mi potevi scagliar*, übertönt von bissigem Gelächter, und wachte auf, völlig verschwitzt.

Nach dem Traum entschied ich: alles auf eine Karte! Ließ M. einen Strauß gelber Rosen schicken, mit den

Zeilen: «Bin nicht Belcore, bin nicht Nemorino.» Otello schon gar nicht.

Solche Alpträume häuften sich in der Zeit der Trennung von A. Von wem oder was trenne ich mich jetzt? Von der Orchesterfamilie oder immer noch von C.?

Obwohl ich ein nachtragender Mensch bin, will ich an die Geschichten mit A. nicht erinnert werden. Seit meine Schwester sagte: Stier, stur, Oberlehrer, das konnte nicht gutgehen mit euch, mit dir Skorpion, seitdem ist das Kapitel abgeschlossen. Es reicht doch, daß wir eins geschafft haben: einen Juristen in Würzburg.

Der Irak-Krieg ist vertagt.

Die größte Erleichterung: Ich muß nicht bei jeder Gelegenheit betonen, daß ich für Israel bin.

Als Liebestrank hat der indische Tee mit dem Zimtgeschmack nicht gewirkt. Oder doch? (Die Inder sind bekanntlich keine Schnellficker, alles ist auf Dauer, Länge, Wiederholung angelegt.) Ich hoffe. Geb mir Mühe zu warten, bevor ich anrufe.

Bei Wagner wurde der Liebestrank gebraucht, um den Ehebruch zu entschuldigen. Bei Donizetti, um die Ehe zu stiften.

Da reicht eine Flasche Bordeaux mit genialer Werbung: «elisir d'amore».

Werde Marlene zu einer Flasche Bordeaux einladen, mal sehn, ob sie den Witz versteht.

Zu lange ohne Frau. Daher die alberne Fixierung auf den Liebestrank. Spermien wirken. Aber was vorher?

Wenn ich so weitermache, werd ich mein Tagebuch niemandem zeigen können. Nur Ulli. Wenn ich Geld, wenn ich die Abfindung schon hätte, würde ich einen Computer kaufen und alles eintippen und dann verschiedene Fassungen herstellen. Eine für den Anwalt, eine für den Richter, eine für Marlene, eine für Eric. Also wieder schwindeln, zweckgerichtet. Genau das wollte ich nicht. «Ich habe alles falsch gemacht.» Konsequent bleiben, rücksichtslos, «falsch».

Elfmal am Tag denkt der Durchschnittsmann an Sex. Da sieht man, was ich hier alles weglasse.

Wochenlang höre ich nichts von meinem Anwalt. Wenn ich anrufe, kriege ich Dr. Möller erst beim achten oder zehnten Versuch an den Apparat. «Nein, immer noch kein Termin. Aber je später, desto besser für Sie, dann sind die Emotionen verflogen.»

Schaufensterpuppen mit geballten Fäusten.

Bin nicht schwindelfrei. Auf den Eisentreppen, die zur Aussichtsplattform auf der Info Box führen, läuft man wie auf Luft in die Höhe. Die Knie wanken, ich halte mich am Geländer fest und schaue nicht nach unten. Ich ging dreimal hintereinander hoch, jedesmal für 2 DM, um mein Schwindelgefühl zu bekämpfen.

Dachte an den Korbacher Kirchturm St. Kilian, wie wir mit dem Posaunenchor von oben die Weihnachtslieder auf die Dächer hinunterspielten. Wie ich zitterte da oben, nicht schwindelfrei. Wie ich Angst hatte, daß mir der Zug abrutscht und in die Tiefe stürzt, und mich festhielt am Blech.

Sand, Bürgersteigplatten, Parkett, Beton, Linoleum, Teppich, jeder Boden schwankt in Berlin ... Du fällst immer, aufwärts oder abwärts ... Von der ersten Posaune zur zweiten abwärts ins Gnadenbrot ... In jeder Minute damit rechnen, daß einer dich wegkickt wie eine Coladose ... Konkurrenz muß sein, Konkurrenz belebt ... Früher kam die Gefahr von außen, heute wühlt sie von innen ... Ich bin mein liebster Konkurrent, das hab ich damals in der Hochschule gelernt, in den friedlichen Zeiten des Drängelns um die ersten Fleischtöpfe ... Die Sehnsucht, möglichst schnell unter die Fuchtel eines dirigierenden Tyrannen zu geraten ... Ja, in Berlin gibt es zwei Dutzend gute Posaunisten, vier oder sieben sind vielleicht besser als du, die meisten schlechter, aber wenn du dich damit tröstest, bist du schon verloren ... Morgen bist du abserviert ... Wenn du kein Beamter bist ... Ein ewiger Stadtmusikant ... So hat es angefangen und jetzt das ganze rückwärts in die zweite Liga, in die Sozialhilfe, ins Altersheim.

Niemand kommt ungestraft nach Berlin, ja, ich bin gern geblieben, ich dachte, ich hätte alles erreicht, es wäre alles entschieden ... Nein, es gibt keine Wurzeln hier, kein festes Dach überm Kopf ... Auf wen ist Verlaß, jeder verläßt sich auf sich ... Oder auf seine Partei oder Firma ... Allen ist unwohl, aber es rechnet sich ... Kein Stein bleibt auf dem andern, kein Gedanke ... Der Optimismus auf den Bildschirmen der Architekten ... Die Versicherungen spielen mit, also wird es nicht schiefgehen ... Man muß nur glauben ... Ich konnte nie glauben ... Nur an mich ...

Alles wäre in Ordnung, wenn ich sagen könnte: Ich gehöre Sony ... Ich wäre mit meinem Blech ein Teil der riesigen Sony-Maschine, der Sony-Beschallung ... Aber ich gehöre Sony nicht ... Die Dirigenten gehören Sony, die Orchester gehören Sony, Verdi und Mozart und Wagner und Bach und Beethoven und Strauss und Donizetti gehören Sony ... Ich bin entmannt ohne Sony ... Ich war einmal der Stimmführer und mache nun keine Mugge mehr mit Sony, und Sony blüht trotzdem und pflanzt hier seine Bauten hin ... Ich sehe zu, wie Sony wächst, wie Berlin wächst ... Ich wachse nicht mit, ich schrumpfe ... Ich sehe von unten den von Sony gemieteten Baukränen zu ... Ich höre Sonys Kaiserwalzer zu ... Was

wird mit den Baukränen, wenn die Häuser fertig sind
... Ich beobachte die Sieger von Sony beim Sängerwettstreit ... Wer gewinnt das Bauland, die Tunneltiefen, die lichten Höhen und die Spurbreiten, auf denen wir laufen mit Sony und spuren in die Zukunft ...

Solche Sätze posaunten mir durch den Kopf, als ich heute wieder auf der Terrasse der Info Box stand. In Sichtweite der unsichtbare Führerbunker.

In der U-Bahn schreit einer «Heil Honecker!» Die Leute, die meisten jung, lachen. Zwei jüngere Männer wenden sich an den Betrunkenen, «Geht es Ihnen gut? Können wir Ihnen helfen?»

Ja, manche lernen es doch.

«Geht es Ihnen gut? Können wir Ihnen helfen?», das hat mich in Tel Aviv kein Mensch gefragt, kein Kollege, keine Kollegin. Nicht einmal meine Geliebte.

Ich zögere immer noch. Denke zu oft an den Richter. Den Anwalt. An Eric. An Marlene.

Es sollten Notizen für meine Verteidigung werden. Weiß ich denn, ob meine intime Geschichte mit C. zu meiner Verteidigung gehört oder nicht.

Was hab ich falsch gemacht?

Ich wollte immer. Am liebsten hätte ich es dreimal am Tag mit C. getrieben. Wie in der Anfangszeit. Wollte, daß der Rausch des Anfangens nie aufhört. Bei jeder Probe, jedem Zusammenspiel, jeder Begegnung in der Kantine oder wo immer: ein erotischer Sog zwischen uns. Jeder gemeinsame Kaffee, Schritt, Blick, jedes Gespräch ein Vorspiel (Elfmal am Tag denkt der Durchschnittsmann an Sex ..., dreiunddreißigmal!)

Gerade auf Tourneen, wenn man wie ein Fremder herumtrödelt oder herumgescheucht wird, blühen die Erregungen. Gerade wenn die Geliebte den ganzen Tag zum Greifen nah ist. Gerade in Tel Aviv, wo es nachts viel zu laut und zu heiß zum Schlafen ist. Sie aber war mit ein oder zwei intensiven, tiefen Stunden in der Woche zufrieden. Manchmal sagte sie, jeder neue Beischlaf entwerte den vorigen. Davon ließ ich mich nicht schrecken, ich warb, wollte mehr, wollte immer.

Die erste Nacht, wie gesagt, war wunderbar, und als ich am zweiten Abend wieder drängte, warf sie mich hinaus. Warum? Vielleicht war ich ihr zu nah, die Liebe zu selbstverständlich, zu leicht zu haben. Am folgenden Tag mied sie mich.

War es die Sonne, die leicht bekleideten Frauen, das Essen, die Spannung in der Luft? Oder mein Blick auf C.s Rücken und Nacken während der Vorstellungen? Tel Aviv machte mich geil. Die Meerluft, die Wellen, der zarte Wind, die Popsongs und die Rapsongs aus allen Winkeln, ein erotisches Flirren über der Strandpromenade, das schon bald nicht mehr zu unterscheiden war von dem speziellen israelischen Thrill: Es könnte gleich irgendwo etwas hochgehen, im schlimmsten Fall eine Bombe. Dazu der Gedanke, trotz aller Taschenkontrollen und Soldaten nicht leicht zu verscheuchen: Wenn du das ganz große Pech hast, könntest du oder könnte C. das Opfer sein, im Hotel, im Foyer, am Strand, in den Einkaufsstraßen, im Opernsaal, im Café, irgendwo friedlich im Palmenschatten, jederzeit kann es dich treffen. Trotzdem spürte ich keine Sekunde Angst, ich hatte das ganz sichere, fast heitere Gefühl in mir: Irgendwann wird der Tod dich treffen, aber heute nicht, ziemlich sicher nicht. *Mitten wir im Leben sind mit dem Tod umfangen*, hieß es in einem Choral, den ich oft als Schüler geblasen habe und der mir dort, im sogenannten Heiligen Land, durch das Gedächtnis wehte.

Das alles fachte mein Begehren an. Mein Lebenswille trieb mich zu C. Ich war mir des Triumphs sicher, C. erobert zu haben und immer wieder erobern zu können. Ich fühlte mich als Sieger. Vielleicht deshalb griff ich ihr am dritten Abend, als sie immer noch zögerte, unter den Rock, ruhig und fest, wie sie es mochte, wenn sie in der Stimmung war. Aber sie war nicht in der Stimmung. Ich war nicht willkommen, meine Geste erst recht nicht. Das wollte ich nicht gleich begreifen – blind, geil und überzeugt, sie auch jetzt verführen zu können. Sie merkte das und sperrte sich. Streit.

Sie tat alles, um eine versöhnliche Wendung zu verhindern, warf mir immer neue Beschimpfungen nach, die sich alle auf «Egoist» reimten. Alles war ein Vorwand, das spürte ich, aber ein ernster. Zu viel

Nähe könne sie nicht ertragen, hat sie manchmal behauptet, anderthalb wunderschöne Jahre versetzten sie in Panik. (Sie hatte gerade in München vorgespielt.) Mehr als jedes böse Wort tat mir weh, wie ihre Stimme alle Sanftheit verlor.

So verließ ich das Zimmer 433. An Schlaf nicht zu denken, ich ging hinunter in die Bar und dachte: ein übler Streit, aber das kriegen wir hin.

Dann das Unglück. Auch C. gnadenlos.

«Wenn du diesen Blödsinn während einer Privatreise gemacht hättest, dann wäre es dein Privatblödsinn gewesen, dann hätte ich damit leben können. Aber so ...»

Ich hätte mit meiner Untat das ganze Orchester belastet, also auch sie und ihre Karriere. Ich hätte den Ruf der Oper ruiniert, also auch ihren. Ich sei ihr in den Rücken gefallen (sie ging nicht so weit: Du hast mein mögliches Engagement in München verdorben).

Damit war es endgültig aus. C. hatte mich vorher gewarnt vor ihren groben Abschieden. Sie teilte die Meinung der Champions: Aufhören, wenn es am schönsten ist, am schönsten war. Die Karriere als Vorwand, mein Verbrechen als Vorwand.

Sollte mich mehr für das Phänomen des Aufhörens der Liebe interessieren. Abschiede. Das große Addio und das kleine Addio.

Einmal hatten wir bei Clint Eastwood und Meryl Streep entdeckt, daß unsere Gefühle in Hollywood formuliert waren, «Die Brücken am Fluß», eine kitschige und doch kompromißlose Liebesgeschichte. Wir waren überrascht und belustigt. Sind unsere Gefühle unsere Gefühle? Wenn in den Dialogküchen in Kalifornien alles besser formuliert und serviert wird als wir es können, eine empfindsame Bratschistin und ein draufgängerischer Posaunist, wo bleiben wir dann, wo ist unsere Wahrheit? Oder waren wir in den eigenen Kitsch verstrickt?

Einer dieser Filmsätze zum unvermeidlichen Abschied: «Verlier uns nicht, wirf uns nicht weg!»

Prompt haben wir uns verloren und weggeworfen. Sie mich. Ich sie. Nur weil ich einen Augenblick lang die Visage und die Fehler eines Kellners nicht ertragen konnte.

Die «Zauberflöte» und den «Liebestrank» hätten wir, sechzig Jahre früher, statt in Tel Aviv beispielsweise auch in Rom spielen können. Zur Versöhnung, zur Völkerverständigung. Vor dem Duce und dem Führer. Was wäre anders?

Bliese ich als Nazi und Antisemit die Posaune schlechter, schmissiger?

Die Spielpläne der Weimarer Zeit, der Nazizeit bis zur Saison 1944/45, der Nachkriegsjahre, der Wohlstandsphase und die heutigen: immer Mozart, immer Verdi, immer Wagner. Die Meinungen haben gewechselt, der Straßenbelag, die Sitten, die Machthaber, die Moden, die technischen Wunder, die Geräusche – geblieben sind die Ohren, die nach Mozart, Verdi, Wagner hungern. Versöhnung, Friede, Trallala. Der Mensch als Musikschlucker.

Traum: In der Waschmaschine, zwischen der Buntwäsche, meine Schreibmaschine.

Marlene lachte über die Worte Polsterzunge und Flatterzunge. «Bei Blumen werd ich bestechlich», sagte sie. Wir sind verabredet.

Alle, auch die Bauern und Schnitter, wünschen den Liebestrank. Donizetti weiß mehr als Wagner, der Italiener (Klischee!) mehr als der Deutsche: Jeder möchte Tristan, jede Isolde sein, aber ohne Drama, Gift, Schwert.

Adina, die durch ihre Lektüre das Gerücht vom Liebestrank aufgebracht hat, sieht klar: «Ein zärtlicher Blick, ein Lächeln, eine Liebkosung kann selbst den Trotzigsten besiegen... Das Rezept ist mein Gesicht, in diesen Augen liegt der Trank.»

Dreimal dürfen Sie raten, Herr Richter, weshalb wir den Israelis gerade diese Oper angeboten haben.

Im Café. Geschieht ein Unglück, kommt ein Mensch mit dunkler Haut aus dem Hintergrund und wischt die Scherben und den Kuchenmatsch auf.

Programmheft der sommerlichen Kulturfeste im Land Brandenburg in einem Café in Kreuzberg gefunden. Die Kollegen werden wieder fleißig Muggen machen zwischen Caputh und Kröchlendorf, Jüterbog und Saxdorf. In jedem Kaff, vor jedem zweiten Schloß, in jeder besseren Ruine spielen sie auf, von Monteverdi bis Lombardi.

Open air Brandenburg, open air Berlin, die Luft allabendlich gepolstert mit klassischer Musik.

Besonders beliebt scheinen die Bläser zu sein – und wieder kein Auftritt für mich.

Sollte eine eigene Gruppe gründen und mir einen italienischen Namen zulegen.

Die Berliner Taxifahrer warnen sich nicht mehr wie früher vor Polizeikontrollen und Radarfallen, weil sie froh sind um jeden Kollegen Konkurrenten, der erwischt wird und für einige Monate nicht fahren darf. Die neue Zeit bricht an.

Auf einem leeren Briefumschlag acht oder neun italienische Namen erfunden. Am besten: Maurizio Salvinetto.

Den neuen Namen probierte ich bei Marlene aus. Beinah vier Wochen hat sie gezögert, nun schien es ihr zu gefallen, daß wir schnell zur Sache kamen. Ich machte Eindruck mit der Flatterzunge, kleine, spitze, schnelle Küsse, die sie mit Lachen quittierte. Dreimal ließ sie sich vom Großen Halleluja schütteln. Es klang mir wie Beifall. Die Haut weicher als erwartet. Immer wieder aufschnellendes Begehren und ein starker, geschäumter Kaffee am Morgen. Das Wort Liebe ist noch nicht gefallen.

1 2 **3**

In Jerusalem kennt man eine Krankheit, die nur dort auftritt, das Jerusalem-Syndrom. Fromme Touristen, meistens Männer, ziehen sich plötzlich Säcke oder Bettlaken über, wandern durch die Stadt, predigen an den heiligen Stätten und halten sich für Propheten, für Moses oder Jesus. Fast immer, so berichtet der «Merian», sind es Protestanten, die von diesem extrem-religiösen Schub befallen werden, rund fünfzig im Jahr. Es ist eine Art Hysterie. Diese Besucher halten den Kontrast zwischen dem harten, schäbigen Alltag der modernen Stadt und den biblischen Mythen nicht aus. Sie fliehen in den Wahn einer mystischen Erhebung, bei der sie alle Beherrschung verlieren und sich im «himmlischen Jerusalem» fühlen.

Es gibt bereits einen Arzt, der zum Spezialisten für das Jerusalem-Syndrom geworden ist. Die meisten Patienten können nach etwa einer Woche als geheilt entlassen werden: Dann sind sie wieder auf normale Weise fromm.

Warum soll es in Tel Aviv kein Tel Aviv-Syndrom geben? Einmal der Teufel sein, der Böseste der Bösen, ein sehr menschlicher Wunsch. Ein paar Tage, ein paar Sekunden.

Anruf bei Marlene, wollte ihr sagen, wie schön die Nacht war. Sie blieb verhalten, Distanz in der Stimme. «Ist jemand im Zimmer?» fragte ich. «Nein. Ich ruf dich zurück.» Sie mag nicht in der Gemäldegalerie angerufen werden.

Mein Kampf mit dem Kellner. Wollte dem Kerl im Café am Nollendorfplatz, der mich vor einigen Wochen in Panik gebracht hat, in die Augen sehen. Es bedienten zwei junge Frauen, ich setzte mich trotzdem.

Viele Paare an den kleinen Tischen, die unecht, wie gestellt wirkten. Die Herren, Neo-Macho-Typen, zwischen 25 und 40, handybewaffnet, breitbeinig sitzend. Die Mädchen, stark herausgeputzt, um die 20, mit aufgesetzt unschuldigen Blicken. Sie versuchten, stolz und großstädtisch zu wirken, sahen trotzdem aus wie verraten. Noch nicht verkuppelt, noch nicht heruntergekommen, aber es war schon zu ahnen, sie werden die Verlierer sein in diesem Geschäft, das mit Cappuccino oder Prosecco begossen wurde.

Plötzlicher Haß auf die gepflegten Räubergesichter. Berlin wird russischer bei allgemeiner Italienisierung der Oberfläche.

Ich bat, die Musik leiser zu stellen, ohne Erfolg.

Als ich zahlen wollte, trat mein Kellner auf, setzte sich zu einem anderen Mann an den Tisch. Bald war ich sicher: Er ist es nicht. Als seine Schicht begann, verließ ich den Laden.

Wieder jemand, der einem andern ähnlich sieht, der einem andern ähnlich sieht. Ich müßte nach Tel Aviv fahren und mich dem Barmann im *Ambassador* stellen.

Konnte es nicht lassen, hörte abends «Tristan und Isolde», den ersten und den zweiten Aufzug.

Sollte mich lieber um meinen Prozeß kümmern. Wann krieg ich endlich den Termin, Herr Richter?

Marlene läßt mich warten. Marlene Übermorgen. Habe den Anrufbeantworter wieder angeschlossen. In dem Wirbel um mein Verbrechen hatte ich das Ding abgestöpselt, zu viel Presse, zu viele Beschimpfungen. Noch schlimmer die Leute, die mir gratulierten («Bravo, daß du es den Juden mal wieder gezeigt hast!»). Viele falsche Freunde, viele falsche Feinde, ich hoffe, sie alle haben mich im Lauf der Monate vergessen.

Ein Brief an sie, ein Zitat, italienisch, was sie halbwegs verstehen müßte, die Renaissance-Fürstin, dachte ich am Morgen und suchte aus dem «Liebestrank» die berühmte Nemorino-Romanze mit den Zeilen «Un solo istante i palpiti del suo bel cor sentir! I miei sospir confondere per poco a'suoi sospir! Cielo, si può morir.»

Hannes, übertreiben Sie nicht, höre ich sie sagen.

Der Schwiegersohn von Bert Brecht, Millionär und Schauspieler, gibt eine Doppel-CD heraus, auf der er aus «Mein Kampf» liest. Er wird nicht verhaftet, nicht aus seinem staatlich subventionierten Theater entlassen und im Feuilleton nur milde kritisiert. Es soll Kunst sein, zum Lachen und Abschrecken.

Wie müßte mein Schwiegervater heißen? Eisler? Mozart? Donizetti? Schönberg?

Ja, so bin ich, ich beziehe alles auf mich. Alles!

Die U-Bahn fuhr ein, der alte Gedanke: Einfach auf die Schienen werfen, so schwer kann das doch nicht sein. Mein Leben ist gekappt, der Prozeß wird verschleppt oder verloren – und ich, was will ich denn noch? Bin glücklich, hab vor wenigen Tagen noch einmal erlebt, was Liebe ist, was will ich mehr? Mit dem Bild von Marlenes graublauen Augen, millimeternah im Schweiß der Liebe, einfach hinsinken ins Schottergrab, warum denn nicht?

Leider tut es sehr weh, wenn das Eisen den Körper zerquetscht und zerteilt.

Ist Wagner schuld an solchen Gedanken? Erfüllung der Liebe nur im Liebestod, in der Sehnsucht, in der Ewigkeit. Das alte Lied vom Verzicht hat mir noch nie gepaßt. Das nehm ich ihm nur ab, wenn es gesungen wird.

Ich lebe nicht in Opernkulissen. Meine Isolde öffnet die Arme und macht die Beine breit. Es fängt doch alles erst an.

Und falls ich mich doch auf die Schienen werfe: Spielt mir zum Begräbnis den ersten Satz aus Mahlers Dritter. Möglichst die Version von Kubelik. Volle 31 Minuten Aufruhr, Triumph, Untergang der Posaunen. Keine Reden.

Auschwitz als Allerweltsmaschinchen. Nur diese drei Wörter stehen auf einem DIN A 4-Blatt, das mir ein grauhaariger junger Mann vor einer Buchhandlung am Rosenthaler Platz in die Hand drückte. Mir! «Sie sehen doch intelligent aus», sagte er und drehte ab.

Sehnsucht und kein Anruf von Marlene. Wenn ich ihre sieben Ziffern wähle – endloses Klingeln, dreimal am Abend und zuletzt gegen Mitternacht: nichts. Auch am frühen Morgen nicht.

In der Gemäldegalerie: «Nein, sie ist in Urlaub.»
«Bis wann?»

«Kann ich Ihnen nicht sagen. Noch nie was von Datenschutz gehört?»

Kann sie nicht mal mit Blumen bestechen.

Die gute Nachricht: Es werden wieder Brunnen fließen in Berlin. Im vorigen Jahr überall die traurigen trockenen Brunnen und dazu das verlogene Wort vom Sparen. Eine Stadt, die kein Wasser für ihre Brunnen hat, verdient den Untergang, sagte C. Jetzt rücken einige Bezirke doch etwas Geld für fließendes Wasser heraus, und für große Brunnen in der Innenstadt haben sich «Sponsoren» gefunden. Der Untergang ist verschoben.

Sponsoren, das neue Wort für Totengräber. Zahlen keine Steuern, drücken der Stadt den Hals zu und stiften dann zur Beerdigung einen vergoldeten Spaten, der im Blitzlicht der Kameras leuchtet.

Wenn ich nicht weiter weiß, wenn ich Auftrieb brauche, zieht es mich zur Info Box.

Alles bebt, alles vibriert, sogar die Metallgitter-Terrasse. Leichter, kühler Wind, graue Wolkendecke, und was ich sehe, wird morgen schon wieder anders sein. Die Geschichte wird umgegraben. Aus dem Todesstreifen wurde ein Tortenstück, und ich darf sagen, ich bin dabeigewesen! Eine neue Wüste wird über die alte gepflanzt, und ich darf zuschauen. Tief in die Abgründe hinab, gleich zwei Tunnel werden in die Tiergartenerde gequetscht. Stahlstützen, Stahlgeflecht, roher Beton überall. In der Tiefe, in der Höhe, man baut Beton-Sarkophage wie über den geborstenen Reaktor von Tschernobyl. Ich übertreibe wieder (aber nur bei kleinen pessimistischen Schüben!), natürlich droht hier keine Explosion, alles wird hübsch verklinkert oder verglast.

Die wachsenden Häuser sind nicht viel origineller als Legosteine oder Container. Die erste Generation der Legospieler verwirklicht ihre Kinderträume. Nur bei Sony scheint man etwas anders, offener und heiterer zu bauen.

Am liebsten suchen meine Blicke das Unfertige, den Rohzustand, den Abfall. Baumüll, Gasflaschen, WC-Boxen, Kabelrollen, Pflastersteinhaufen, Reste der Mauer und Wachanlagen, daneben rote Coca-Cola-Schirme, darüber die Wimpel der siegreichen Firmen auf den Kränen. Tempo, Tempo und das schwermütige Ballett der hundert Kräne. Staunen, daß die Kranarme sich nicht berühren, verheddern, umwerfen.

Ich bin stolz darauf, ein Deutscher zu sein. Könnte ich sagen, wenn ich Ingenieur wäre.

Portugiesen und Polen graben uns die Geschichte um.

Und warum atme ich trotzdem nicht auf an diesem mythischen Ort? Jericho, es hat was mit Jericho zu tun.

Offenbar aus Verbitterung über seine jahrelange Arbeitslosigkeit und seine Schulden hat in der Nacht zum Mittwoch ein 33jähriger Mann aus Hohenschönhausen auf offener Straße auf einen ihm unbekannten Passanten eingestochen. Danach sagte er bei der Vernehmung durch die Polizei, daß er lieber im Gefängnis sitze, als in Freiheit als Arbeitsloser zu leben.

Die Verzweiflungstat des 33jährigen Fred S. war offenbar geplant. Aus seiner kleinen Wohnung in der Biesenbrower Straße, in der der Mann seit Jahren alleine wohnt, hatte er zwei lange Küchenmesser mitgenommen. Vorher hatte er sich zu Hause betrunken. Dann zog er gegen 22 Uhr noch durch mehrere Kneipen der Umgebung.

In der Falkenburger Chaussee traf er zufällig auf den 34jährigen Frank P. aus dem gleichen Bezirk. Ohne jede Vorwarnung oder einen Streit zog Fred S. eines der Küchenmesser aus seiner Jacke und stach auf den völlig überraschten Passanten ein. Dabei fügte er dem ebenfalls angetrunkenen Frank P. schwere Verletzungen am Oberkörper zu. Nach den Stichen ließ er die Tatwaffe fallen und lief davon ...

«Er wollte sofort ins Gefängnis und gab alles zu», so ein Polizist.

Auf dem Anrufbeantworter ihre Stimme, kühl: «Bin ein paar Tage in Hamburg. Melde mich, wenn ich zurück bin.»

Vier Tage nichts notiert.

Brechts Schwiegersohn und sein Verlag ziehen «Mein Kampf» zurück.
Rief Dr. Möller an: «Wie wäre es, wenn Sie auf Kunst plädieren, eine Slapstick-Einlage in der Hotelbar?»
Er fertigte mich streng ab.

Immer wieder der verlockende Gedanke: ein richtiger Täter werden. Den Skorpion austoben.
Könnte anfangen mit Übungen als Hundekiller. Eine moralisch und hygienisch notwendige Arbeit, gerade in Berlin. Vergiften, erdrosseln, erschießen, alles will gelernt sein.
Wenn ich dann zu den Fortgeschrittenen aufsteige, wen würde ich zuerst umbringen? Einen der Chefs der Oper, einen Kulturpolitiker oder einen fiedelnden Kollegen? Wahllos einen Passanten oder Nachbarn, welches Opfer macht mich zum größten Verbrecher? Kinderschänder sind in, Frauenmörder immer gefragt. Beides ist nichts für mich. Also einen Mann. Am besten einen Schwulen, das macht Wirbel. Auch das läßt sich als Protest verkaufen. Machen nicht die Schwulen am leichtesten Karriere heute, im Theater, in der Oper, in der Kunst, haben ihre Seilschaften nicht schon die halbe Kulturszene besetzt? (Hätten sie es gewagt,

mich aus dem Orchester zu feuern, wenn ich schwul wäre?)

Vorher noch einer Nazi-Truppe beitreten, dann wäre für Freund und Feind die Welt wieder in Ordnung. Aber das schaff ich nicht.

Eher, zur Abwechslung, ein Auftritt als Rudolf Heß oder Albert Speer.

Für einen Verbrecher nicht intelligent genug, für einen Nazi nicht dumm genug.

Alles Größenwahn. Mal ganz bescheiden anfangen und einen Verein gegen die Lärmverschmutzung in Lokalen und Geschäften gründen, gegen den pseudomusikalischen Dreck in jedem Winkel. Solche Vereine gibt es schon, sogar in Berlin. Aber ich bin kein Vereinsmensch, ich träume von einer Karriere als Amokläufer. Gegen jeden Musikdreck ballern, der nicht abgestellt wird – in Kaufhäusern, Supermärkten, Flughäfen, Kneipen, überall. Leitungen durchschneiden, Lautsprecher zerhacken, in die Lärmquelle schießen, Lügen der Chefs («die Gäste wollen das so») mit Stinkbomben beantworten. Ein Fulltime-Job, der überdies gesellschaftliche Anerkennung einbringt. Viele werden sagen: recht hat er. Ob verurteilt oder nicht, ich werde anerkannt sein als Kämpfer für das Gute, als Verteidiger der Stille, der Gesundheit, usw. Schluß mit Muzak, Berieselung und digitalem Gefiepe! Nieder mit der lebenslangen Gefangenschaft unter akustischen Glocken!

Wäre das nicht eine sinnvolle Aufgabe für einen entlassenen Musiker, Herr Richter?

Hätten Sie eine bessere Rehabilitationsmaßnahme vorzuschlagen?

Sie sehen, ich denke Tag und Nacht daran, wie ich mich nützlich machen kann. Wozu hat die Gesellschaft so viel investiert, mein Gehör zu schulen!

«Ja, ich war in Hamburg. Bei einer Freundin, die ihren 50. feierte, und bin noch ein paar Tage geblieben. Etwas stimmt nicht mit uns, das hab ich schon in der Nacht gemerkt, es geht nicht. Du bist mir, entschuldige, zu undurchsichtig. Das wird keine Liebe mit uns.»

Ich tobte, beherrschte mich, tobte.

Sie mag mich nicht mehr sehen.

Sie sagte noch mehr (etwas wie «du bist nicht ehrlich mit dir»), ihre Sätze verschwammen schon in dem Moment, als sie mir an die Ohren schlugen. Sie war nicht einmal böse.

Vergaß zu fragen, ob ihre Entscheidung mit meinem Verbrechen zu tun habe. Das mußte ich wissen und rief wieder an, mit Tremolo-Stimme.

«Noch eine Frage, Marlene, hat deine Entscheidung mit meiner ...»

«Vielleicht», sagte sie, «nicht so direkt. Keine Frau kann das vergessen, wenn du sie küßt.»

Pause.

«Darf ich noch etwas sagen?»

«Bitte.»

«Das, was du Flatterzunge genannt hast, diese kurzen, knabenhaften Spuckküßchen, die haben mich abgestoßen, da dachte ich, so ein Mann lieber nicht.»

Ein Todesurteil kommt selten allein.

«Metzger Dachbau», die Schrift auf einem LKW, ich las: Metzger Dachau.

Das mit der Flatterzunge ist bestimmt ein Vorwand. M. kann es nicht ertragen, daß ich zwei Sekunden lang AH spielte.
Einmal AH, immer AH.

Nehme ich den Deutschen die Last ab, AH zu sein?
Habe die Getränkerechnung, die Quittung für alle unterschrieben, und krieg die Quittung dafür. So einfach ist das.
Beginne die Posaune zu hassen. Alte Haßliebe zum Instrument, jetzt mit Betonung auf der ersten Silbe. Saubohne! Sautrompete! Schweinehaken! Tröte!
Pianisten sagen zu ihrem Flügel «sie», Pianistinnen «er». Meine Posaune war immer eine «sie».

Glücklicher Albert Mangelsdorff, der sagen konnte: «My horn is a lady.» Und spielen auf der lady! Mit der lady!

Verlassen wie in den schlimmen kalten Jahren zwischen fünfzehn und achtzehn, als ich mich nicht ausstehen konnte und sicher war, daß mich alle andern auch nicht ausstehen können. Die stumpfen angebrochenen Nachmittage nach den Hausaufgaben, einsame Spaziergänge an mittelalterlichen Mauern entlang. Fluchten aus dem engen Neubau, aus dem Wohnzimmer der Eltern in den Regen, in die Dämmerungen, in die Dunkelheit, verstrickt in die Erregungen des Selbstmitleids und des Selbsthasses. Die Mädchen wichen vor mir oder meinen fünf Pickeln zurück, und ich konnte nicht einmal Gedichte schreiben wie meine Freunde, nur lesen, Camus, Kafka und all das schwermütige Zeug. Ich zählte die Stunden bis zum nächsten Geburtstag, die Stunden bis zum Abitur, die Stunden bis zur Befreiung.

Gegen das langsame Ticken der Küchenuhr, gegen die Langeweile gestreckter Nachmittage half nur das Instrument, immer wieder steckte ich das Mundstück auf und legte los, schmetternde Töne gegen die dünnen Wände des Neubaus, und ärgerte die Eltern, die nicht schimpfen durften, weil sie stolz sein wollten auf ihren musikalischen Sohn. Legte los und spuckte und fing an, die Wärme, die Tiefe, die große Bandbreite, die ganze Zartheit des Blechs zu entdekken. Ich hörte Radio, hörte Platten und versuchte es selbst, obwohl Atemtechnik und Lippentechnik wenig entwickelt waren: Schnattern, Schluchzen, Jaulen, Heulen, Blubbern, Röhren, alles ließ sich aus dem sperrigen Messing holen, samtsanft oder bissig brüllend. Es gibt kaum eine Stimmung zwischen Himmel und Erde, die mit der Posaune nicht auszudrücken ist, sagte Kyritz.

Endlich gewann ich die Aufmerksamkeit einer Geigerin aus dem Schulorchester, eine Schülerliebe im gebremsten Foxtrott-Takt, aber dann ging der Skorpion wieder mit mir durch, ich war ihr zu aufdringlich, zu stürmisch. Ich erklärte meine Erfolglosigkeit damit, kein strahlender Trompeter geworden zu sein. Vielleicht hätte ich nur ein bescheidener Cellist sein müssen. Meine Freunde waren fast alle zufrieden mit sich, das ganze Städtchen schien zufrieden mit sich und seiner Enge, doch mich verließ niemals das Gefühl: Du bist weit davon entfernt, das Richtige zu tun, irgendwas machst du falsch. Also saß ich meistens allein vor dem Radio, abends die Konzerte des Symphonie-Orchesters des Hessischen Rundfunks oder des WDR, danach Jazz, ich schluckte wahllos Musik, brauchte jeden Tag ein bis drei Stunden die Droge der Melodien und Rhythmen aus Frankfurt oder Köln. Ich wüßte nicht, wie ich sonst diese Zeit überlebt hätte.

Früher, das ist der Unterschied, gab es in der Verzweiflung wenigstens ein Ziel, eine Gewißheit: Irgendwann kommst du hier raus, irgendwann kommt eine andere Zeit.

Und heute? Hilft nur die totale Verwandlung. Mimikry, Mimikry.
Wollt ihr die totale Anpassung?
Wie war Ihr Name? Maurizio Spinello. Oder Salvinetto, Maurizio.
Spinello ist besser, Maurizio Spinello.

Wenn ich jetzt anfinge, meine Wohnung zu beschreiben, wär ich wirklich verrückt.

Bin kein Mann, der heulen kann und Heulen ertragen kann. Die Tränen sind was für die Oper, zum Beispiel die *lagrima* bei Donizetti. Schmalz & Ironie. Fünfundzwanzig Jahre im Graben, die *lagrima* ein Lacher. Wo sind die Gefühle hin?
Im Dienstfrack, in der Dienstweste, am Dienstinstrument den Dienst-Verdi abliefern –

Bevor ich zur Posaune griff, beschäftigte ich mich mit Briefmarken. Heute schaute ich einige Minuten lang in das Schaufenster eines Briefmarkengeschäfts.
Wann werde ich den Antrag stellen, mich entmündigen zu lassen?

Träumte von Tomaten, Quitten, Granatäpfeln. Alles Liebesäpfel, wie C. behauptete.

M. angerufen. «Es hat keinen Sinn.»

In fünf Sekunden kann man aus einem 25jährigen Dienstverhältnis ausbrechen. Wie viele Jahre brauche ich, um Maurizio Spinello zu werden und das Wort Dienst zu vergessen? Dienstplan, Spielplan, Solozulage, Ortszulage, Medienpauschale ...

Mein Freund Werner, so begann Ulli gestern unsern Bierabend, hat mir neulich eine schöne Geschichte von seinen Großeltern erzählt.

Stramme Nazis aus der Münchner Gegend, die in ihrer Liebe zum Führer so weit gingen, auch ihren Papagei zum Nazi zu machen. Sie lehrten ihn den Hitler-Gruß. Wer das Wohnzimmer betrat, wurde regelmäßig mit einem schnarrenden «Heil Hitler!» aus dem Käfig begrüßt. Jahrelang ein schieres Vergnügen für die Familie und ihre Gäste.

1945, nach der Kapitulation, war der Vogel natürlich nicht aufzuhalten, weiter sein munteres «Heil Hitler!» zu krächzen. Sie versuchten, ihm einen neuen Gruß beizubringen, vergeblich. Sie sperrten ihn weg, wenn Gäste erwartet wurden. Auch in der Familie zog der Papagei allen Haß auf sich, er störte beim Vergessen, er war der lebendige Beweis für die Gesinnung, die in jenem Haus geherrscht hatte. Gleichzeitig wollten sie, erst recht in Friedenszeiten, weiterhin als tierlieb gelten und ihn am Leben lassen. Unmöglich war es, ihn zu verschenken, einen Nazi-Vogel und zusätzlichen Fresser hätte man niemandem anbieten können.

Sie öffneten Käfig und Fenster, er kehrte nach kurzen Ausflügen zurück. Sie gaben ihm kein Wasser und kein Futter mehr, er krächzte nur noch ärger – denn er war darauf gedrillt, für seinen «deutschen Gruß» mit Leckerbissen belohnt zu werden. Das Tier wurde immer fanatischer, seine Besitzer wollten «entnazifiziert» werden. Der Großvater, der in irgendeinem SS-Wirtschaftsamt gearbeitet hatte, brachte es nicht fertig, dem Vogel den Hals umzudrehen. Er setzte ihn schließlich, nach einer einstündigen Bahnfahrt, irgendwo in den Wäldern südlich von München aus.

Ulli rät: Keine Frau, die was mit Kunst zu tun hat.
Am besten, sag ich, eine, die noch nie von AH gehört hat.

Wie unerträglich brav ist die Barockmusik! Artige Tänzchen, gespielt von artigen Kindern für ein artiges Publikum. Mir ist nach Aufruhr, mir ist zum Kotzen!

In Israel war ich es, der darauf achtete, keine schwarzen Hemden oder Hosen anzuziehen, keine braune Jacke usw. Ich steckte nur Kleidung mit nazifreien neutralen Farben in den Koffer, Blau, Beige, Grau. Ärgerte mich über einige Kollegen, die das nicht kümmerte. O., der Ex-Mann von Marlene, war solch ein Ignorant. Ist denn alles damit entschuldigt, daß Fagottisten ein Spatzenhirn haben?

Ulli behauptet, daß bei Kohls erstem Staatsbesuch in Israel der Pressechef Boehnisch wie ein SS-Mann im schwarzen Ledermantel durch das Land geschritten ist. Und mehr Verärgerung ausgelöst hat als ich. Und nicht entlassen wurde.

Eines Abends, vor fünf Jahren etwa, rauschte der Bundeskanzler mit seinem Troß in die Oper. «Zauberflöte», das Programm für Banausen und Diktatoren. Hinterher ein Empfang, zu dem sogar wir Musiker geladen waren, die üblichen Happen, die üblichen Weine, das übliche Herumstehen. Einmal der Fleischberg von Kanzler zwei Schritte vor mir.

Heute überlege ich, weshalb ich ihm keine Ohrfeige gegeben habe.

Hätte mir das die Aktion von Tel Aviv erspart? Ich hätte nicht nur mich selbst, sondern noch einen Mann für sein weiteres Leben gezeichnet. Sogar einen Politiker getroffen, der es verdient hätte.

Hätte der Intendant mich für die Ohrfeige gefeuert? Wie hätte der Justitiar das begründet? Hätte, hätte, hätte.

Ja, ich ärgere mich über das versäumte Experiment.

Ulli: Hör auf mit deinem Privat-Anarchismus!

Musikmißbrauch!, eine Einladung in die Sophiensäle. Beethoven kombiniert mit elektronischer Musik, dazwischen fährt eine Märklin-Eisenbahn durch die Reihen. Das Kammerorchester der Jungen Deutschen Philharmonie, auch im Publikum nicht viele über dreißig, fünfunddreißig Jahre. Einer der ältesten Säle Berlins, wie aus Trümmern geborgen, Eisenstreben ragen aus der Decke, die abgeblätterte Farbe vielleicht aus den zwanziger Jahren, das Parkett ächzt bei jedem Schritt, ein Wunder, daß die Baupolizei den Zutritt erlaubt. Kinder sind da, Säuglinge, der Dirigent trägt ein Batik-Hemd, ein Bursche läuft mit der Videokamera durch die Orchesterreihen, man trinkt Wein und Bier. Satie, Cage sind stark wegen ihrer Strenge, aber die meisten elektronischen Stücke fallen ab gegen Beethoven, blubbern weg wie Wasser im Ausguß.

Es geht majestätisch ruhig zu bei den jungen Leuten. Als hätten sie unendlich viel Zeit.

Nicht bei Cage, sondern beim «Erwachen heiterer Gefühle bei der Ankunft auf dem Lande» der Wunsch, C. anzurufen.

Laufen hilft, im Tiergarten, der Frühling naht. Ausgelatschtes grünes Gelände, der Blätter- und Gräser-Käfig für Menschentiere. Autolärm von allen Seiten drängt mich auf die ruhigeren Wege und Wiesen. Jeder Baum, jeder Strauch, jede Blume spricht: Du bist mitten in Berlin, wie du dich auch drehst, wie du dich auch wendest. Unter dem Gras die Vulkane der Vergangenheit. Je tiefer du ins Grüne vordringst, desto eher wird dir plötzlich das Blickfeld frei auf die Brokken der Geschichte, auf Trümmer von Wilhelm, von den Nazis, von Stalin, von Ulbricht, auf die Gruben und Fassaden der neuen Bundesherrlichkeit. Es gibt kein Idyll in Berlin, hier auch nicht. Nur Türken können sich hier erholen. Oder Nackte, die auf sich selbst, oder Fußballer, die auf den Ball fixiert sind.

Der Tiergarten ein Freigehege, damit der Städter nicht so schnell durchdreht. Der Park ein Sozialarbeiter für potentielle Amokläufer. Also kommst du immer wieder her, seit rund dreißig Jahren, die Bäume sind gewachsen, der Kies ist erneuert, die Seen sind sauberer, die Denkmäler renoviert und beschmiert, die Bänke zehnmal gestrichen. Und du, wie hast du dich verändert, alter Polsterzungenbläser?

Es grünt im Tiergarten, bald bricht der Flieder los. Ich lief die vertrauten Wege, nahm mir selbst die Parade ab, meine ganz persönliche Love-Parade. Ich überlegte: Mit welchen Frauen bist du hier gelaufen, mit welcher Hand in Hand, mit welcher im Streit, welche hast du hier geküßt? Und mit stillem Begehren dachte ich an die, die so gerne in Sommernächten mit mir unter den Büschen lag, an das lustige Viertelstundenvögeln nah der Siegessäule.

Die Jahreszeiten im Tiergarten, die Jahresringe in

meinem Gedächtnis – jahrelang habe ich mir eingebildet, alles richtig zu machen. In den rauhen sechziger Jahren mich brav von den Linken ferngehalten, die Studenten nahmen uns Musiker sowieso nicht für voll, alles lief nach Stundenplan. In den Siebzigern wurde reformiert, erweitert, gepolstert, fünf Wanderjahre in Bremen, zurück in die Mauerstadt, hinauf in den Operngraben, und rasch etablierte ich mich, Orchester, Heirat, Kind, ein junger Stadtmusikant mit Pensionsanspruch, perfekter ging es nicht. In den goldenen achtziger Jahren das fröhliche Absahnen und die unfröhliche Scheidung – größere Fehler wirst du nicht mehr machen, dachte ich. Nun die wilden Neunziger, das Kegelspiel kann dich nicht treffen, Hauptsache, du zählst und zählst die Takte und bläst wie immer in der richtigen Zehntelsekunde ins Mundstück, *alles wird gut* von Saison zu Saison, und dann – läufst du als Arbeitsloser durch den Tiergarten und drehst dich im Kreis und verstehst die Welt nicht mehr. Oder immer besser.

Nur einmal hab ich den Posaunenkasten durch den Tiergarten getragen. Damals, im berühmten November 89. Rostropowitch war das Vorbild: sein Cellospiel gegen die Mauer. Wir, dachte ich, sind doch für Mauern zuständig. Die Kollegen vom Blech lächelten: Du mit deinem Jericho-Komplex. Nur der Kollege P. wollte mitziehen, schob dann aber eine Einladung zur Geburtstagsfeier seiner Schwiegermutter vor.

So blies ich allein, nicht weit vom Goethe-Denkmal. Von allen Seiten wurde gegen die Mauer gehämmert, die Tage der Mauerspechte, das war wie Musik, was Schöneres gab es damals nicht für die Ohren (trotzdem blieb die Oper voll). Ich spielte mein Solo dazu, die Stürze Richtung Osten gegen den Beton.

Natürlich dachte ich an Jericho, 1200 vor Christus, als die Mauern krachten. Ja, ich wollte dabeisein, wenn wieder eine gewaltige Stadtmauer fällt, dies schäbige, lästige Monstrum, gegen das ich selber oft gestoßen war. Ich wollte diese Mauer verschwinden sehen, wollte nicht zulassen, daß sie allein durch Demonstrationen und Kerzen, durch Hämmer und Bagger fallen sollte. Meine Töne sollten helfen beim Einreißen, beim Umwerfen, beim Weghauen, beim großen Fest des Zertrümmerns. Auch wenn mein Anteil nicht zählt, dachte ich, streiten werde ich darum nicht, so wie es unwürdig ist zu streiten, ob die Mauern von Jericho durch das Schofar, durch Trompeten oder Posaunen gefallen sind.

Nur eine Befürchtung hatte ich, wie der Vertreter eines drögen Posaunenchors auszusehen, ein verlorener Adventsbläser, evangelisch oder Heilsarmee. Deshalb spielte ich Motive aus J. J. Johnsons Stücken wie *Short Cake* und *Space Walk*, phantasierte und phrasierte daran herum.

Hatte sogar Zuhörer, manche fotografierten mich. Den Amerikanern, schien mir, den Ausländern gefiel das. Die meisten Deutschen lächelten säuerlich, als hielten sie mich für einen Exhibitionisten.

Irgend jemand erzählte mir später, er hätte im «San Francisco Chronicle» ein Foto von mir mit Posaune gesehen. Das Foto ist mir nie zu Gesicht gekommen. Ich schrieb an die Zeitung, keine Antwort. (Wer nicht im Internet ist, wird schon als Untermensch behandelt.)

Vielleicht gelte ich in den USA als der Mann, der die Mauer umstürzte mit seiner Posaune.

Noch ein mildernder Umstand, Herr Richter?

Traum: Gehörte zur Bordkapelle der «Titanic», ich wartete immer auf den Eisberg, den Untergang. Wir spielten und spielten bis zur totalen Enttäuschung: Das Schiff sank nicht, New York in Sicht.

«Liebestrank» in der Neuköllner Oper. Leicht gekürzt, ohne Chöre, fünf junge Leute. Der Mann am Klavier ersetzt das Orchester. Text in flottes Deutsch übersetzt, ohne Poesie. Dafür Ironie als durchgängiges Stilmittel. Jugendtheater, schön gesungen, «hautnah».

Posaunisten, Blechbläser, Streicher, das ganze Orchester wegrationalisiert. Wenn das die Zukunft ist, dann ist sie schon heute in Neukölln zu besichtigen.

Danach brauchte ich einen Big Mac, McDonald's lag direkt neben der Oper.

Vor einem Reisebüro verabschieden sich zwei Angestellte in den Feierabend:
«Immer weiter kämpfen!»
«Na klar!»
Ich werde kämpfen, dachte ich sofort. In der Oper kämpfen, nicht nur vor Gericht.
Den Leuten in der Oper zeigen, daß ich nicht aufgebe!

Um Marlene kämpfen? Vor lauter Begehren bin ich nicht dazu gekommen, sie zu lieben.
Eine Flasche Rotwein für Nemorino!

Jede wirkliche Liebe ist tödlich, verkündet Wagner, der alte Zyniker.
Noch eine Flasche Rotwein für Nemorino!

Im «Don Giovanni» kommen die Posaunen erst in der letzten Szene zum Zuge. Nur der Steinerne Gast braucht Posaunen. Die Mauern fallen, diesmal die Mauern der Selbsttäuschung. Was für ein furchtbar moralisches Instrument ist meine Saubohne!

Ging durch den Besuchereingang in das Haus meines ehemaligen Arbeitgebers und jetzigen Prozeßgegners, kaufte an der Abendkasse eine Karte für «Rigoletto» zum reduzierten Preis und setzte mich in den 1. Rang. C.s schöne Mähne entdeckte ich im Graben nicht. Ich wartete den ersten Akt und die Pause ab.

Während des turbulenten achten Bildes zog ich die Flöte aus der Tasche und begann laut zu blasen. Von den entrüsteten Zuhörern um mich herum ließ ich mich nicht irritieren. Ein Herr wollte mir die Flöte aus dem Mund reißen, aber ein gelernter Bläser weiß, wie er sein Instrument festzuhalten hat. Meine Störaktion sollte das Orchester treffen, die Sänger verwirren, doch die Flötentöne verloren sich im Saal und drangen kaum bis zum Graben und zur Bühne vor. Ein großer Mann mit Glatze vor mir holte aus, mich zu schlagen, ich steckte die Flöte weg. Es war nur die Probe.

Zweiter Versuch im Schlußbild, Rigoletto findet die sterbende Tochter im Sack statt des vermuteten Schurken von Herzog – ich hieb mit meiner Flöte dazwischen –, Rigoletto klagte, und das gebannte Publikum voller Mitleid mit dem Narren, dem Mitläufer, der viel zu spät merkt, welchem Schwein er gedient hat, und dafür grausamer als alle bestraft wird – und ich fiepte in die allgemeine Ergriffenheit und warf meine Flugblätter ab. Schon im Sturm des Beifalls hieb mir der kräftige Mann aus der Reihe vor mir auf die Schultern, riß an meinen Armen, dann schnappten mich zwei Saaldiener, ich konnte gerade noch die letzten Flugblätter zwischen die Gaffer werfen: ICH FORDERE EINEN FAIREN PROZESS UND

DIE WIEDEREINSTELLUNG IN DAS ORCHESTER DER OPER.

Dann wurde ich im Beisein eines mir unbekannten Herrn aus der Intendanz vernommen. Man erteilte mir Hausverbot und drohte juristische Schritte an.

Drei Tage lang alle Berliner Zeitungen gelesen. Kein Wort über meine Aktion.

Was bin ich naiv! Beim nächsten Mal muß *ich* vorher die Presse bestellen. Eine stärkere Flöte einschmuggeln, am besten eine Trillerpfeife.

Statt dessen ruft der Anwalt an, seit Wochen mal wieder, und redet auf mich ein: «Lassen Sie diesen Quatsch! Das spricht nur gegen Sie!»

Das entscheide *ich*, Herr Rechtsanwalt!

Im Sommer, sagt er, kommt es endlich zur Verhandlung. Ja, noch vor der Sommerpause.

«Während andere noch am Ende der Welt das Abenteuer suchen, habe ich es längst gefunden. In Israels Wüste. Negev. Israel. Das gelobte Urlaubsland.»

Ich stelle mir vor, Herr Richter, wie Sie folgende Zeilen im «Tagesspiegel» lesen und trotzdem nicht an mich denken:

«Wahrscheinlich sind wir Deutschen wirklich perfektionistischer als andere Völker. Wir wollen nämlich auf den bestorganisierten Mord der Geschichte die stilistisch gelungenste Bußübung der Geschichte folgen lassen. Es gibt aber, was uns Deutsche betrifft, zu Auschwitz kein richtiges Verhalten. Schweigen ist falsch. Alles, was man sagen, tun oder herzeigen könnte, ist auch falsch. So viel haben wir begriffen, nicht zuletzt durch die Diskussion über das Berliner Holocaust-Mahnmal.

Die deutsche Hölle: ein Ort, an dem korrektes Verhalten nicht möglich ist.»

Einspruch, Herr Martenstein: Ich will, ich muß mich korrekt verhalten!

Was heißt Hausverbot? dachte ich und probierte es noch einmal. So prominent bin ich nicht, daß alle Schließer der Oper mein Gesicht kennen. Kaufte eine Karte, wurde eingelassen und hörte auf einem der billigen Plätze «Tosca». Sah C. von ferne spielen. Flöte und Trillerpfeife ließ ich in der Tasche. Mir war eher nach Weinen als nach Kämpfen zumute («Musiker kämpfen nicht»). Sehen, Hören, alles tat weh, am meisten der Beifall.

Ging in der zweiten Pause. Wollte mich vor C. nicht zum Narren machen.

Werde die Protestaktion woanders fortsetzen. In der Philharmonie, im Konzerthaus, bis ich überall in Berlin Hausverbot habe, bis ganz Musik-Berlin von

mir spricht, bis man den Störer in die Klinik einweist
... noch viele Gelegenheiten für einen Wiederholungstäter.

Im Café am Nollendorfplatz wieder auf Beobachter-Posten. Es ist eindeutig: Der Kellner hier ist der Barmann aus Tel Aviv. Endlich schieben sich die Bilder übereinander, ich sehe klar.

Die Figur, die Kopfform, die Gesichtszüge der beiden sind auffallend ähnlich. Beide haben sie tiefliegende Augen, einen stechenden Blick, starken Bartwuchs, eine wulstige Unterlippe.

Ähnlich auch die Bewegungen der beiden, das angedeutete Wippen mit dem Hintern, das halbschwule Tänzeln.

Ich hatte ein wenig getrunken, das hab ich nie bestritten, verärgert wegen C., aber ich bestehe darauf, ich war zurechnungsfähig, Herr Richter.

Mein Fehler war: Ich wollte korrekt sein.

Ich gebe zu, ich mochte die übertriebenen, affektierten Bewegungen des Barmannes nicht. Ein schöner Mann und selbstgefällig dazu. Etwas Orientalisches, Paschahaftes, das mich neidisch machte und abstieß. Bassa Selim, dachte ich. Aber nicht das hat mich gegen ihn aufgebracht. Ich hab ihn genau beobachtet, und dann hab ich entdeckt, daß er zwar die Getränke, die Cocktails ordentlich und rasch servierte, aber bei den Getränkerechnungen überhaupt nicht aufpaßte. Er spießte sie einfach auf, ohne draufzuschauen, nicht auf die Namen und Zimmernummern, die ihm die Gäste hinkritzelten, und ich dachte: Da kann doch jeder schummeln, so kann man auch mich beschummeln. Und ich sagte ihm, er müsse das besser kontrollieren, und er antwortete flapsig: «Thank you, but I know what I'm doing», und dann dachte ich: Er weiß es nicht, er merkt nichts, ich werde ihn testen. Ich trank noch ein Bier und entschied, C. nicht mehr anzurufen im Zimmer 433.

Dann alles wie in Trance: Ich unterschreibe also diesen läppischen Getränkezettel, alle drei Biere auf die Zimmerrechnung. Ich gucke den Barmann an und den Kollegen P., der schon halb schläft vor seinem Cocktailglas, ich unterschreibe nicht mit meinem Namen, ich nehme ein Pseudonym, das darf man ja wohl als Künstler, oder? Ach wie gut, daß niemand weiß, daß ich Hitler Adolf heiß. Ich weiß es auch nicht, ich hab es bis dahin auch nicht gewußt. Aber irgend jemand in mir schreibt seinen Namen da hin, irgendein Adolf in mir schreibt seinen Adolf da hin, auf meinen Zettel, mit meiner Handschrift. Ein einfacher Name mit vier Silben, elf Buchstaben, und die Welt bricht zusammen. Bassa Selim, der Barkeeper, gibt mir den Zettel zurück, sagt: «Please, give me your right name.» Der hat den Adolf schon ausgestrichen, und ich schreibe Namen und Vornamen wie es sich gehört und gehe schlafen, und am nächsten Tag bricht die Welt zusammen.

Nein, es war anders, Herr Richter.

Der schöne Selim spießt den Wisch auf und merkt nichts. Da sag ich ihm: «May I see the bill again, please?»

Und zeig dem Keeper, was da unterschrieben ist. «You didn't look, I was right», so etwas Ähnliches sag ich, er lacht verlegen. Ich streiche die schlimmen Buchstaben durch und setze meinen Namen drunter, wanke zum Fahrstuhl und ab ins Bett...

Das ist alles, woran ich mich erinnere.

Eins steht fest, Herr Richter: In keiner Sekunde dachte ich daran, daß der Barmann ein Jude war – so sehr hatte ich mich in Israel schon eingelebt.

Noch eins steht fest: Ich war korrekt, das war mein Fehler, überkorrekt.

Deshalb beantrage ich einen Ortstermin in der Bar des Hotels *Ambassador* Tel Aviv, ersatzweise im Café *Bari* in Berlin. Und den Barmann als Zeugen. Und P., den Hornisten.

Wieso hat der mich nicht ausgelacht: Sie wollen AH sein? Der sieht ein bißchen anders aus als Sie!

Er, der Hoteldirektor und alle, sie waren doch froh, daß sie endlich einen AH hatten, leibhaftig.

Sie brauchten mich.

Hätte ich Kennedy geschrieben oder Stalin, Brigitte Bardot oder Humphrey Bogart, sie hätten mich nicht gebraucht.

Noch viel mehr brauchen mich die Deutschen, die Saubermänner. Ab in die Klapsmühle! Aber vorher gibt es noch was zu tun.

«Dt. Widerstand», immer wenn die Schrift aufleuchtet für die Haltestellenanzeige im Bus am Schöneberger Ufer, denk ich: Wie stolz sind wir auf das bißchen Widerstand von ein paar zu spät aufgewachten Offizieren, daß wir sogar die Bushaltestelle benennen müssen, damit jeder Ausländer merkt oder jeder Deutsche sich noch mal auf die Schulter klopfen kann: Ja, wir hatten einen Widerstand, einen Dt. Widerstand, und wir bekennen es laut, sogar im Bus 129!

Info Box, mein Zufluchtsort, kein schlechter Ort für einen Selbstmord. Man muß sich vorbereiten. Ich prüfte die Aussichtsterrasse.
 Die Balustrade ließe sich leicht überklettern, die Fallhöhe vom roten Dach wäre ausreichend, man könnte sich vor den grünen Uhr- und Ampelturm stürzen, der die Touristen an den alten Potsdamer Platz erinnern soll.

Später dachte ich: Bevor ich abtrete, nehme ich die Posaune mit und spiele ein Ständchen da oben. Ein Ständchen für alle, Kaiser Wilhelm, Wilhelm Zwo, Bismarck, Ebert, AH, Reuter, Brandt, Ulbricht, Honecker und am Ende ein feines Solo für Schabowski.

Will ich das: Mit der Posaune an den neuen Mauern rütteln, die frischen Stützwände mit der zerstörerischen Tröte ins Wanken bringen, den Sockeln und Pfeilern die Vergänglichkeit einblasen?

Sie sehen, Herr Richter, mein Größenwahn läßt nicht nach.

Ohne Posaunen müßte das Jüngste Gericht ausfallen. Kennen Sie den Schluß des «Deutschen Requiem»? *Zur Zeit der letzten Posaune ...*

Halten Sie mich, bitte, für unzurechnungsfähig! Weisen Sie mich, bitte, in eine erträgliche Anstalt ein!

Einer der Tage, wie sie dem Frühling in jedem Jahr nur dreimal oder viermal gelingen, einer der kostbaren Tage, wie geschaffen für Faulenzer, Frührentner und fünf bis acht Millionen Arbeitslose (falls sie ihre Sinne beisammen haben): Ein klares Blau am Himmel, einige Wölkchen, ein leichter Wind in den frischen Blättern. Ein Streicheln in der Luft, eine zärtliche Süße unter dem neuen Grün. An jeder Straßenecke ein neuer, winziger Anstoß, alles nicht so ernst zu nehmen, sich zurückzulehnen, Simenon zu lesen oder wieder mal ein neues Leben anzufangen. An

einer Hauswand ein blitzendes Fahrrad ohne Schloß
– der morgenfrische Blick einer Eisverkäuferin – ein
Kind mit Schulranzen, das in das Schaufenster einer
Apotheke schaut – eine Frau, der man beim eiligen
Weg über die Straße ansieht, daß sie ihren BH unterm T-Shirt am liebsten zu Hause gelassen hätte
(Wunschvorstellung) – Blüten auf dem Bürgersteig –
Monteure vor dem Kabelgewirr offener Telefonschaltkästen – ein Blumenhändler, der die Margeriten vor seinem Laden gießt – alles Gründe, nicht an
einen Prozeß, nicht an Tel Aviv, nicht an die Oper,
nicht einmal an die Niederlage bei Marlene zu denken.

Ein Tag, an dem sogar ein alternder, abgeschriebener Musiker poetisch wird. Schöne Pläne!

Posaunen-Schimmer. Da hat sich ein Kritiker mal
ein gutes Wort einfallen lassen. Danke, Herr Kaiser!

So viel Frühlings-Energie, daß ich sogar C. anrief.
«Ruf mich doch bitte mal an» auf ihren Anrufbeantworter gesprochen. Später fiel mir ihr Satz ein «Ich
laß mich nicht bitten!» Was erwarte ich noch von ihr?

Der Barmann im *Ambassador*, er hatte ja recht, daß
er mit dem von AH unterschriebenen Zettel gleich

zu seinem Direktor rannte. Er wehrte sich sofort. Wollte sich von einem Deutschen nichts sagen lassen.

Ich verstehe ihn. Ich verstehe euch alle. Ich mache keinem einen Vorwurf.

Ich hab mich nicht gleich gewehrt. Der Lawine zugeschaut. Wem konnte ich erklären, daß der Barmann schuld war mit seiner schlampigen Arbeit? Daß ich schuld war, weil ich den Aufseher spielte?

Plötzlich reimte es in mir los, plötzlich war ein Blatt vollgekritzelt:

Ich bin der Böseste der Bösen / ich bin der Böseste gewesen / mit den eisern-bösen Besen / werden wir die Sache lösen / bin besonders bös gewesen / bin der Hitler selbst gewesen / einmal ist in mir gewesen / eine Stimme, laut gewesen / hat verwirrt mir meinen Sinn / gesagt, daß ich der Hitler bin / Hitler sein, das darf ich nicht / Hitler sein, das will ich nicht / auf dem Zettel im Hotel/ schrieb der Hitler in mir schnell / schrieb auf meinen Zettel hin / daß ich Adolf Hitler bin / das, ich weiß, gehört sich nicht / das weiß nur der Hitler nicht / das wolln wir in Deutschland nicht / und erst recht im Ausland nicht / schlimmer kann es nicht mehr werden / als ein Hitler sein auf Erden.

«Na gut», sagte gestern der Anwalt, «zeigen Sie mal her, was Sie da aufgeschrieben haben.»

Zwei Tage Arbeit, diese Notizen zu sortieren. Weniger als die Hälfte scheint mir gerichtstauglich. Was sind Juristen doch für Scheuklappen-Menschen! (Das geht nicht gegen dich, Eric! Dich kenn ich ja kaum.) (Auch nicht gegen Sie, Herr Richter, selbst wenn Sie dieses Blatt nicht in die Hand kriegen.)

Wenn alle so frei wären wie ich, wenn alle es so machten wie ich, wenn jeder Deutsche einmal für fünf Sekunden AH wäre ...

Ich habe es mal ausgerechnet mit dem Taschenrechner: wenn alle fünf Sekunden ein Deutscher AH wäre, könnten es in einer Minute schon zwölf sein. In einer Stunde 720, an einem Tag 17 280, im Jahr 6 307 200 Menschen. In einem Jahr könnte also die Last, ein Mini-Hitler zu sein, schon auf gut sechs Millionen Deutsche verteilt werden, Greise, Kinder, Frauen, Behinderte, natürlich darf sich niemand entziehen, auch die frisch eingebürgerten Türken nicht. Nach ungefähr dreizehn Jahren wären alle 80 Millionen Deutsche einmal dran gewesen. Dann dürfen alle aufatmen, auch ich. Wenn es uns und der Welt gefällt, fangen wir dann noch einmal von vorn an, für die nächsten dreizehn Jahre. Aber vorher schieben wir noch die Österreicher ein.

Anruf, angeblich aus Tel Aviv, in Englisch: Ein Avantgarde-Theater will eine Performance machen und mich als Posaunisten dabeihaben.

Wer will mich da foppen? Ein guter Witz. Ließ mir trotzdem den Namen des Direktors und die Telefonnummer diktieren und bat ihn, mir einen Brief zu schreiben, erst dann könne ich ihm glauben.

Er fragte, ob ich Fax hätte, dann käme der Brief sofort.

Zum ersten Mal bedauert, kein Fax zu haben.

Ich buchstabierte meine Adresse.

Lief zweimal um den Lietzensee. Am schönsten der Gedanke: Endlich raus!

Absurd wie ein Polizeiorchester, das *Ganz Paris träumt von der Liebe* spielt.

Wollen die Israelis, daß ich mir die Haare färbe, einen Rechts-Scheitel zulege und die alberne Rotzbremse anklebe?

Andere Musiker treten in Baugruben auf, bei Feten für künftige Bauherren und Investoren, und spielen, auf Brettern oder auf dem Estrich stehend, für ein heiteres Investitionsklima. Daniel in der Baugrube, darauf könnte sich das Maurizio Spinelli-Terzett spezialisieren. Das ist besser als Straßenmusiker.

Andere Künstler werden vom Arbeitsamt angestellt, um auf Baustellen Schwarzarbeiter aufzuspüren.

Andere Arbeitslose gehen zum Blutspenden, lassen Kräutertees und Hausmittel an sich testen, machen für 20 Mark eine Meinungsumfrage mit, schicken Briefmarken und Fahrkarten durch den Farbkopierer.

«Alles nicht recht brauchbar», sagt der Anwalt trokken.

Wir hätten nur dann eine Chance, wenn wir strikt formal argumentierten.

«Offen gesagt, Ihre Motive sind nicht so wichtig.»

Ist er beleidigt, weil ich über Henryk Broder als Verteidiger nachgedacht habe?

Endlich der Prozeßtermin – 24. August.

Weiß nicht, wo mir der Kopf steht. Ulli in Urlaub.

Lange Gänge durch die Stadt, ohne Idee, ohne Neugier, ohne Blick.

Jüdische Buchhandlung. Suchte bei den Reiseführern, wollte meine verblaßten Bilder von Tel Aviv auffrischen. Die fünf Tage waren zu wenig.

«Der Täter kehrt immer an den Tatort zurück.»
Ist das Ihr Gedanke, Herr Richter?

Jetzt mit Marlene reden. Die einzige, die mich ernst genommen hat.

Brief aus Tel Aviv. Off-Theater «Shariot» bereitet eine Performance vor, «My last enemy».
«We didn't forget your performance last year in the *Ambassador*-Hotel. It was a moment of strange truth.»
Sie wollen mich als Solo-Posaunisten, klassische und Jazz-Stücke.
«Don't worry, we don't want you to be a parody of a new Hitler. Just be the German you are.»
Drei Wochen Probe, zwei Wochen Aufführungen in Tel Aviv, zwei Wochen in verschiedenen Orten. Zahlen Flug, Zimmer, Taschengeld («Maybe not enough to live on»).

Keine Minute Zögern, ich rief an und sagte zu.
«But I don't believe it.»
Erst wenn ich den Flugschein habe. Probenbeginn in zwei Wochen.

Besser dort spielen als hier verrückt werden.

Ulli, meine Schwester, der Anwalt, alle raten ab.

Marlene läßt sich zu einem längeren Telefongespräch herab und gratuliert. Erzähle ihr vom Jerusalem-Syndrom und vom Tel Aviv-Syndrom. Freut sie sich, daß ich abhaue?

Im Traum alle Vorderzähne verloren, konnte nicht spielen. Mangelsdorff in einem Schwimmbad getroffen, er nahm die Taucherbrille ab und sprach mir gut zu.

Was hab ich gemacht, Herr Richter?

Korrekt, ich habe alles falsch gemacht. Werd auch jetzt alles falsch machen.

«Alles nicht brauchbar.» Was für eine Unverschämtheit! Muß den Anwalt wechseln.

«Deutschland und die Juden – eine seltsame neue Liebesaffäre», schreibt «Newsweek», der «Tagesspiegel» zitiert es stolz.

Keine Notizen mehr. Ich übe. Warte auf das Tikket.

Jericho. Endlich. Vielleicht.

Dienstag 12.25 Schönefeld LY 352.

Ich unterwerfe mich nur akustischen Gesetzen.

*Friedrich Christian Deliu*s wurde 1943 in Rom geboren, lebt in Berlin. Zuletzt erschienen von ihm bei Rowohlt die Erzählungen «Der Sonntag, an dem ich Weltmeister wurde» (1994), «Der Spaziergang von Rostock nach Syrakus» (1995) und «Amerikahaus und der Tanz um die Frauen» (1997).